· 中国现代经典新诗集汇校本丛书 ·

马凡陀的山歌

袁水拍 著

王彪 汇校

金宏宇 易彬 主编

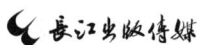

长江出版传媒 ｜ 长江文艺出版社

图书在版编目（CIP）数据

马凡陀的山歌 / 袁水拍著 ；王彪汇校. -- 武汉 ：
长江文艺出版社，2024. 12. --（中国现代经典新诗集汇
校本丛书 / 金宏宇，易彬主编）. -- ISBN 978-7-5702
-3793-7

Ⅰ. I226

中国国家版本馆 CIP 数据核字第 2024L01U35 号

马凡陀的山歌

MAFANTUO DE SHANGE

责任编辑：黄雪菁　　　　　　　责任校对：程华清
封面设计：胡冰倩　　　　　　　责任印制：邱　莉　丁　涛

出版：长江出版传媒 长江文艺出版社
地址：武汉市雄楚大街 268 号　　　　邮编：430070
发行：长江文艺出版社
http://www.cjlap.com
印刷：中印南方印刷有限公司

开本：640 毫米×960 毫米　　1/16　　　印张：30.75
版次：2024 年 12 月第 1 版　　　　2024 年 12 月第 1 次印刷
行数：10758 行

定价：32.00 元

汇校说明

　　《马凡陀的山歌》及续集是诗人袁水拍1944至1948年间以通俗语言、山歌体式创作的政治讽刺诗。这些现实的山歌对于袁水拍而言是"放逐抒情"的新试验，也为中国现代诗歌发展提供了新的经验，是二十世纪四十年代新诗的重要收获之一。《马凡陀的山歌》及续集版本众多、谱系复杂，希望这个汇校本对袁水拍诗歌及二十世纪四十年代新诗的版本及相关研究有所裨益。

　　一、《马凡陀的山歌》的五个主要版本（按出版刊行时间）：

　　（1）生活本《马凡陀的山歌》，即初版本。1946年10月由生活书店（上海昌班路六号）发行，发行人徐伯昕，共印2000册。诗集为竖排繁体，丁聪（小丁）作插图，共收录1944年至1946年4月29日的诗歌99首。目次按编年排序，分为"一九四四""一九四五""一九四六"三个部分。诗集封面由戴爱莲题书名（黑色字体），配丁聪绘马凡陀漫画像（红底）；扉页由吴祖光题辞："小丁画了个凡陀马 不由我就惊喜交加 提起了此马来头大 在蜀水巴山会过他 一诗成好似黑风帕 将鬼怪妖魔一把抓 这书出一纸应无价 诗人笔开遍自由花 吴祖光敬题 小丁作马凡陀象"。

　　（2）生活本续集《马凡陀的山歌续集》，即续集初刊本。

1948 年 6 月由生活书店（福州路三八四弄四号）发行，发行人徐伯昕，共印 2000 册，基本定价国币五元七角。诗集为竖排繁体，丁聪（小丁）作插图，共收录 1946 年 5 月 2 日至 1948 年 4 月的诗歌 83 首，并附录《关金票》《老母刺瞎亲子目》等 2 首歌曲。目次按编年排序，分为"一九四六""一九四七""一九四八""附录"四个部分。诗集封面沿用戴爱莲题书名（黑色变成红色），配丁聪绘马凡陀漫画像（红底变黄底）。

（3）三联本《马凡陀的山歌》。1950 年 9 月第一版由生活·读书·新知三联书店（北京西总布胡同二十九号）发行，解放印刷厂承印，共印 5000 册（北京造），基价 10.2 元。该诗集从生活本正集、续集中选录 100 首诗，并附录《关金票》《老母刺瞎亲子目》等 2 首歌曲。目次按编年排序，分为"一九四四""一九四五""一九四六""一九四七""一九四八""附录"六个部分。诗集封面沿用戴爱莲题书名（黑色字体），配丁聪绘马凡陀漫画像（红底），集前有作者的《前记》。

（4）人文本《马凡陀的山歌》。1955 年 9 月北京第一版由人民文学出版社（北京东四头条胡同四号）出版，北京新华印刷厂印刷，新华书店发行。书号 418，字数 139 千字，开本 33.5×46 厘米，印数 10000 册，定价 0.71 元。诗集为横排繁体，丁聪插图，从生活本正集、续集及手稿中共选录 96 首诗作。诗集目次大体按创作时间排列，不分年。诗集封面画由丁聪作，集后有作者的《后记》。

（5）诗选本《袁水拍诗歌选》。1985 年 7 月北京第一版由人民文学出版社（北京朝内大街 166 号）出版，北京新华印刷厂印刷，新华书店北京发行所发行。书号 10019·3831，字数318000字，开本850毫米×1168毫米，印数9400册，定价3.15元。诗集由袁水拍友人徐迟选编，为横排简体，《马凡陀山歌》为第三辑，共选入53首诗。诗选本封面由郁风设计，丁聪插图，集前有徐迟的《序》，集后有袁鹰的《后记》。

二、本书以生活本《马凡陀的山歌》及续集初刊本为底本，以三联本、人文本、诗选本及部分诗作在报刊杂志的刊载版本作汇校。体例如下：

（1）汇校选用作者生前刊行的版本，底本录入除竖排繁体转换为横排简体之外，其余一一照旧。

（2）本书以脚注形式进行汇校。

（3）凡文本中字、词、句、段落及标点符号有改动者，均用引号将改动之处摘出校录。同一处中几个版本都有变动者，按出版先后顺序排列。

（4）各版本中有脱字、漏字及模糊不清者，均以□代之。

发表篇目统计表

篇目	发表刊物
《幽默呀，幽默！》	《新华日报》1944年5月18日，署名"李念群"。
《老王求婚记》	重庆《大公报晚刊》1944年11月9日，署名"马凡陀"。
《致黄泥浆，我的老友》	重庆《大公报晚刊》1944年11月19日，署名"马凡陀"。
《赵经理口渴》	重庆《大公报晚刊》1944年11月28日，又题作《赵经理口渴——重庆谐曲之三》，载于《评论报》1945年2月10日，均署名"马凡陀"。
《幕开幕落》	重庆《大公报晚刊》1944年12月3日，署名"马凡陀"。
《标题音乐》	重庆《大公报晚刊》1944年12月8日，署名"马凡陀"。
《冻结》	重庆《大公报晚刊》1944年12月21日，署名"马凡陀"。
《活得明白》	重庆《大公报晚刊》1944年12月24日，署名"马凡陀"。
《新年礼物在德国》	《华西日报》1945年1月1日，署名"马凡陀"
《变》	重庆《大公报晚刊》1945年1月10日，又载于《华西日报》1945年1月16日，均署名"马凡陀"。
《咏特制之运货车》	《华西日报》1945年1月17日，署名"马凡陀"。
《儿歌》（一、二）	《新华日报》1945年3月4日，原题《回旋曲二首》，署名"媚娘"。

（续表）

篇目	发表刊物
《与商人谈文化》	《新华日报》1945 年 6 月 15 日，署名"劳泥"。
《公共汽车抒情诗》	《益世报》1945 年 6 月 16 日，署名"酒泉"。
《珍馐逼人》	《益世报》1945 年 6 月 30 日，署名"酒泉"。
《我的解释》	《新华日报》1945 年 6 月 17 日，署名"劳泥"。
《张三害霍乱》	《新华日报》1945 年 7 月 9 日，署名"劳泥"。
《希特勒躲在阿根廷山里》	《新华日报》1945 年 7 月 26 日，署名"劳泥"。
《"亲启"》	《益世报》1945 年 8 月 7 日，署名"酒泉"，又载于《世界晨报》1946 年 1 月 17 日，署名"马凡陀"。
《抗战八年胜利到》	《新华日报》1945 年 8 月 20 日，署名"杰泥"，又经庄严（徐迟）谱曲，载于《文萃》第 42 期，1946 年 8 月 8 日，此歌又载《大众呼声》第 2 期，1948 年，署名"杰泥"。
《三万万美金的神话》	《新华日报》1945 年 8 月 26 日，署名"路漫"。
《大人物狂欢曲》	重庆《新民报晚刊》1945 年 9 月 1 日，署名"马凡陀"。
《洋孤孀哭七七》	重庆《新民报晚刊》1945 年 9 月 5 日，署名"马凡陀"。

（续表）

篇目	发表刊物
《下江人歌》	重庆《新民报晚刊》1945 年 9 月 8 日，署名"马凡陀"。
《马将》	重庆《新民报晚刊》1945 年 9 月 23 日，原题《赋得打马将》，署名"马凡陀"。
《送"审"》	重庆《新民报晚刊》1945 年 10 月 1 日，署名"马凡陀"。
《英雄颂》	重庆《新民报晚刊》1945 年 10 月 26 日，原题《小诗——一名"英雄颂"》，署名"马凡陀"。
《回乡的轮船》	重庆《新民报晚刊》1945 年 11 月 3 日，又题作《回乡的"民"轮》，载于《神州日报》1945 年 11 月 26 日，均署名"马凡陀"。
《吹笛猎人》	《文萃》第 7 期，1945 年 11 月 20 日，原题《吹笛的猎人（童话）》，署名"袁水拍"。
《推盘受盘》	《新华日报》1945 年 11 月 25 日 4 版，署名"劳泥"。
《民主和原子弹》	《文萃》第 8 期，1945 年 11 月 27 日，署名"袁水拍"，此诗与《主人要辞职》《剧运的厄运》合题为《马凡陀山歌选》，载于《北方杂志》第 2 卷第 1、2 期，1947 年 3 月 1 日，署名"马凡陀"。
《中国皮鞋致古巴皮鞋》	《新华日报》1945 年 12 月 10 日，署名"L.N"。

（续表）

篇目	发表刊物
《一只猫》	《新华日报》1945年12月18日，署名"L.N"，又经沈思岩谱曲，载于《大众呼声》第3期，1948年9月，署名"马凡陀"。
《上峰颂》	《神州日报》1945年11月25日，署名"卑职"。
《圣诞节致马歇尔将军诗》	重庆《新民报晚刊》1945年12月26日，署名"马凡陀"，又载于《文汇报》1946年1月1日，题作《元旦致马歇尔将军》，署名"酒泉"。
《一千呎下就是上海》	《世界晨报》1946年1月9日，又载于重庆《新民报晚刊》1946年1月14日，均署名"马凡陀"。
《取消人力车》	《世界晨报》1946年1月10日，又载于重庆《新民报晚刊》1946年1月12日，均署名"马凡陀"，又载于《田家半月报》第十二卷第十七、十八期合刊,1946年4月1日，无署名。
《出川难》	《世界晨报》1946年1月12日，又载于重庆《新民报晚刊》1946年1月15日，均署名"马凡陀"。
《主人要辞职》	《世界晨报》1946年1月13日2版，署名"马凡陀"，又与《民主和原子弹》《剧运的厄运》合题为《马凡陀山歌选》，载于《北方杂志》第2卷第1、2期，1947年3月1日，署名"马凡陀"。

（续表）

篇目	发表刊物
《吉普车，我原谅你！》	《文汇报》1946 年 1 月 14 日 4 版；又载于重庆《新民报晚刊》1946 年 1 月 22 日，均署名"马凡陀"。
《致病中的我》	《世界晨报》1946 年 1 月 15 日，署名"马凡陀"。
《克宁奶粉罐铭》	《世界晨报》1946 年 1 月 18 日，又载于重庆《新民报晚刊》1946 年 1 月 19 日，均署名"马凡陀"，又载于《大观园周报》第 8 期，1946 年 2 月 8 日，署名"须得"。
《大皮鞋》	《中原·希望·文艺杂志·文哨联合特刊》第一卷第二期，1946 年 1 月 20 日，署名"袁水拍"。
《挤电车》	《世界晨报》1946 年 1 月 21 日 3 版，署名"马凡陀"。
《上海的感觉》	重庆《新民报晚刊》1946 年 1 月 25 日；又载于《世界晨报》1946 年 2 月 6 日 2 版，均署名"马凡陀"。
《今年这顿年夜饭》	《世界晨报》1946 年 1 月 31 日 2 版，均署名"马凡陀"。
《听啊！特使唱高声（圣诞颂诗）》	《田家半月报》第十二卷第十三、十四期合刊，1946 年 2 月 1 日，原题《听呵！特使唱高声》，无署名。
《陶行知颂》	重庆《新民报晚刊》1946 年 2 月 3 日，又载于《周报》第二十九期，1946 年 3 月 23 日，均署名"袁水拍"。

（续表）

篇目	发表刊物
《人间喜剧》	重庆《新民报晚刊》1946年2月4日，又载于《文汇报》1946年2月8日，又载于《世界晨报》1946年2月16日2版。
《加薪秘史》	《世界晨报》1946年2月5日，又载于重庆《新民报晚刊》1946年2月9日，题作《上海职工请求加薪秘史》，又载于上海《生活知识》第15期，1946年3月1日，题作《上海职工请求加薪秘史》，又载于《彷徨》新1期，1947年1月1日，均署名"马凡陀"。
《怀念黄色公共汽车》	《世界晨报》1946年2月6日，署名"马凡陀"。
《王小二历险记》	《世界晨报》1946年2月8日，又载于重庆《新民报晚刊》1946年2月16日，又经野凫坊谱曲，载于《风下》第66期，1947年3月15日，诗题《中国江南新景之一：王小二历险记》，均署名"马凡陀"。
《情诗》	《世界晨报》1946年2月11日，又载于重庆《新民报晚刊》1946年2月23日，均署名"马凡陀"。
《抓住这匹野马》	《世界晨报》1946年2月12日，又载于《今日儿童半月刊》第5号，1947年5月1日，均署名"马凡陀"。

（续表）

篇目	发表刊物
《感谢读者》	《世界晨报》1946年2月13日，署名"马凡陀"。
《改革歌》	《世界晨报》1946年2月14日，略作修改后于2月25日再次刊登，又载于重庆《新民报晚刊》1946年2月19日，又载于《重庆画报》第4期，1946年4月1日，又经洪砂谱曲，载于《新音乐月刊》第7卷1期，1947年7月1日，均署名"马凡陀"。
《赫尔利这老头子》	重庆《新民报晚刊》1946年2月18日，又载于《中原·希望·文艺杂志·文哨联合特刊》第一卷第四期，1946年2月25日，均署名"马凡陀"。
《弃文就武篇》	《世界晨报》1946年2月20日，原题《弃文就武论》，署名"马凡陀"。
《张百万》	《文萃》第十九期，1946年2月21日，又载于北平《文萃》第16期，1946年3月24日，又载于《群众文摘》第3期，1946年9月1日，又载于《风下》第92期，1947年9月13日，均署名"马凡陀"。
《上海物价大暴动》	《世界晨报》1946年2月23日，原题《物价大暴动》，署名"马凡陀"。
《看病记》	《世界晨报》1946年3月1日，署名"马凡陀"。

（续表）

篇目	发表刊物
《准跳舞·禁贴脸》	《世界晨报》1946年3月3日，署名"马凡陀"。
《长方形之崇拜》	《世界晨报》1946年3月6日，署名"马凡陀"。
《海外奇谈》	《世界晨报》1946年3月8日，署名"马凡陀"。
《外汇颂》	重庆《新民报晚刊》1946年3月12日，又载于《文萃》第二十一期，1946年3月14日，又载于《大威周刊》第一卷第五期，1946年5月12日，又载于《群众文摘》第3期，1946年9月1日，均署名"马凡陀"。
《眠儿曲》	《世界晨报》1946年3月20日，又载于重庆《新民报晚刊》1946年3月23日，又载于《现代妇女》第7卷第4期，1946年4月，均署名"马凡陀"。
《若无其事》	《文汇报》1946年3月13日，又载于《世界晨报》1946年3月23日，均署名"马凡陀"。
《青菜甜，萝卜脆》	《世界晨报》1946年3月26日，又题作《青菜甜》，载于《文萃》第二十三期，1946年3月28日，均署名"马凡陀"。
《今年什么顶时髦》	《世界晨报》1946年3月27日，又载于天津《大公报》1946年4月15日，题作《今年什么顶时髦？》，均署名"马凡陀"。

（续表）

篇目	发表刊物
《DDT》	《世界晨报》1946年3月28日，又载于重庆《新民报晚刊》1946年4月1日，又载于《民主文艺》创刊号1946年，均署名"马凡陀"。
《三万万美金脱险记》	重庆《新民报晚刊》1946年3月28日，又载于《世界晨报》1946年3月31日，原题《三万万美金脱险回国记》，又载于《田家半月刊》第12卷第19、20期合刊，1946年5月1日，原题《三万美金脱险记》，又载于《民间》1946年创刊号，原题《三万万美金脱险记》，又载于《现代》1946年第1期，原题《三万万美金脱险记》，均署名"马凡陀"。
《请医生》	《世界晨报》1946年4月4日，又载于重庆《新民报晚刊》1946年4月9日，均署名"马凡陀"。
《上海之战》	《世界晨报》1946年4月8日，署名"马凡陀"。
《春天之歌》	《文萃》第二十五期1946年4月11日，又载于《风下》第五十五期，1946年，又经晓黄谱曲载于《新音乐月刊》第7卷第2期，1947年8月1日，均署名"马凡陀"。

（续表）

篇目	发表刊物
《发票贴在印花上》	《世界晨报》1946 年 4 月 14 日，又载重庆《新民报晚刊》1946 年 4 月 16 日，原题《四强之一的奇事》，又载于《晋察冀日报》1946 年 8 月 29 日，又载于《解放日报》1946 年 7 月 16 日，均署名"马凡陀"。
《丈夫去当兵》	《世界晨报》1946 年 4 月 19 日，原题《新"丈夫去当兵"》，又载于重庆《新民报晚刊》1946 年 4 月 25 日，原题《新"丈夫去当兵"》，又载于《民主文艺》创刊号，1946 年 9 月 1 日，原题《新"丈夫去当兵"》，又载于《杭青一周》第 8 期，1946 年 11 月 30 日，均署名"马凡陀"。
《为了房子，官做些什么？》	《世界晨报》1946 年 4 月 20 日，又载于重庆《新民报晚刊》1946 年 4 月 22 日，原题《为了房子》，均署名"马凡陀"。
《特殊的算学》	《世界晨报》1946 年 4 月 16 日，又载于重庆《新民报晚刊》1946 年 4 月 20 日，均署名"马凡陀"。
《我们都是些滑稽角色》	《民间》第二期，1946 年 4 月 19 日，署名"马凡陀"。
《剧运的厄运》	《文汇报》1946 年 4 月 20 日，又载于《北方杂志》第 2 卷第 1、2 期合刊，1947 年 3 月 1 日，均署名"马凡陀"。

（续表）

篇目	发表刊物
《民意和代表》	《世界晨报》1946年4月22日，又载于重庆《新民报晚刊》1946年4月26日，均署名"马凡陀"。
《王小二检举不肖房东记》	《文萃》第二十七期，1946年4月25日，又载于《民主与文化》第1卷第2期，1946年6月20日，均署名"马凡陀"。
《毛巾选举》	《世界晨报》1946年4月30日，署名"马凡陀"。
《朱警察查户口》	《诗歌》月刊第三、四期合刊，1946年5月6日，又载于《世界晨报》1946年5月18日3版，又载于重庆《新民报晚刊》1946年5月21日，又经崔牛谱曲载于《火星》第8期，1948年6月15日，均署名"马凡陀"。
《施奶》	《世界晨报》1946年5月8日，署名"马凡陀"。
《感恩》	《民间（上海）》第5期，1946年5月10日，署名"马凡陀"。
《警察巡查到府上》	《世界晨报》1946年5月11日，又载于重庆《新民报晚刊》1946年5月14日，又载于《文萃》第三十期，1946年5月16日，均署名"马凡陀"。
《东南西北古怪风》	上海《联合晚报》1946年6月4日，署名"马凡陀"。
《停战》	上海《联合晚报》1946年6月15日，署名"马凡陀"。

（续表）

篇目	发表刊物
《活的对死的说》	《世界晨报》1946年7月7日，署名"马凡陀"。
《我爱美国》	《世界晨报》1946年7月21日，署名"阿土孙"。
《难为情》	上海、重庆《新民报晚刊》1946年8月13日，又载于成都、重庆《新民报晚刊》1946年8月19日，均署名"马凡陀"。
《发疯的枪》	《文萃》第四十三期，1946年8月15日，又载于《晋察冀日报》1946年8月25日，均署名"马凡陀"。
《脚踏车》	《世界晨报》1946年8月16日，又载于《中国工人》第8期，1946年8月25日，均署名"马凡陀"。
《糊涂》	《世界晨报》1946年8月18日，署名"马凡陀"。
《妈妈妈妈你别骂》	《世界晨报》1946年8月19日，署名"马凡陀"。
《"我们的信仰"》	《侨声报》1946年8月19日，诗题作《我们的信仰》，又载于《野草》复刊号，1946年10月1日，又载于上海《新民报晚报》1946年11月20日，均署名"袁水拍"。
《新生活》	《世界晨报》1946年8月20日，原题《生活》，署名"马凡陀"。
《"外汇放长"后的上海》	《世界晨报》1946年8月21日，原题《涨与跌》，署名"马凡陀"。

篇目	发表刊物
《狗骑马》	《世界晨报》1946 年 8 月 23 日，署名"马凡陀"。
《头戴美国帽》	《东北日报》1946 年 9 月 10 日。
《四不像》	《世界晨报》1946 年 8 月 25 日，署名"马凡陀"。
《狗的登记和不登记》	《世界晨报》1946 年 8 月 27 日，原题《登记和不登记的狗》，署名"马凡陀"。
《男和女》	《世界晨报》1946 年 8 月 29 日，署名"马凡陀"。
《将军不带兵》	《世界晨报》1946 年 8 月 31 日，原题《送冯玉祥将军出国》，署名"马凡陀"。
《登记狗》	《世界晨报》1946 年 9 月 2 日，署名"马凡陀"。
《致老爷》	《侨声报》1946 年 9 月 19 日，署名"马凡陀"。
《送俘虏》	《世界晨报》1946 年 9 月 20 日，原题《即景》，署名"马凡陀"。
《退出中国》	《文汇报》1946 年 9 月 26 日，署名"马凡陀"。
《海内奇谈》	《文汇报》1946 年 10 月 14 日，署名"马凡陀"。
《洪水来临前情书》	重庆《新民报晚刊》1946 年 11 月 12 日，署名"牛克马"。
《咬的秩序》	重庆《新民报晚刊》1946 年 11 月 18 日，署名"牛克马"。

（续表）

篇目	发表刊物
《阿 Q 的大便》	上海《联合晚报》1946 年 11 月 25 日，署名"马凡陀"。
《上海之冬》	重庆《新民报晚刊》1946 年 12 月 5 日，署名"牛克马"。
《报载有吞墨水十二瓶自杀未遂者》	重庆《新民报晚刊》1946 年 12 月 6 日，署名"酒泉"。
《公务员呈请涨价》	上海《联合晚报》1946 年 12 月 25 日，又载于桂林《文艺生活》光复版第十一、十二期合刊，1947 年 1 月，又载于《书报精华》第 25 期，1947 年 1 月，又载于《大公报》（天津）1947 年 1 月 20 日，又载于《田家半月刊》第十三卷第十四期，1947 年 2 月 15 日，又载于《建国漫画旬刊》试办第 3 期，1947 年 6 月 1 日，均署名"马凡陀"。
《送旧迎新》	上海《联合晚报》1946 年 12 月 30 日，又载于《新华日报》1947 年 1 月 4 日，署名"马凡陀"。
《叩一个头》 《铁丝网围在四周》	此二首与《贫贱的无法和富足的说话》《用笑声去阻止刀斧吗？》《是的，一口咽不下去的怨气》合以《偷活集》（上）为题载于上海《联合晚报》1947 年 1 月 4 日，署名"酒泉"。
《大胆老面皮》	《文萃》第二年十四期，1947 年 1 月 9 日，原题《害人精》，署名"马凡陀"。

（续表）

篇目	发表刊物
《民国卅五年的回顾和民国卅六年的展望》	《书报精华·副刊》第 3 期 1947 年 1 月 15 日，原题《民国三十五年的回顾和对民国三十六年的展望》，署名"马凡陀"。
《文汇报》	上海《联合晚报》1947 年 1 月 26 日，署名"马凡陀"。
《关金票》	《新华日报》1947 年 1 月 27 日，又载于上海《联合晚报》1947 年 1 月 28 日，又载于《大公报》（天津）1947 年 1 月 30 日，又载于《书报精华·副刊》第 4 期，1947 年 2 月 15 日，后又经陈平谱曲刊载于《老乡》第一卷第一期，1947 年 4 月 20 日、《新音乐月刊》第六卷第四期，1947 年 3 月，又载于《察哈尔日报》1947 年 8 月 13 日，均署名"马凡陀"。
《老母刺瞎亲子目》	上海《联合晚报》1947 年 2 月 5 日，又载于《书报精华》第 26 期，1947 年 2 月 15 日，又载于《群众》第 9 期，1947 年 3 月 27 日，又经嘉工谱曲，改诗题为《他们不要瞎子去当兵！》载于《新音乐月刊》第 6 卷第 4 期，1947 年 3 月，又载于《军大导报》第 134 期，1949 年 3 月 7 日，均署名"马凡陀"。
《神话》	上海《联合晚报》1947 年 2 月 6 日，署名"马凡陀"。

（续表）

篇目	发表刊物
《拆洋烂污》	此诗与《破裂》合题作《诗二首》载于《文萃》第二年第十八期，1947 年 2 月 6 日，署名"马凡陀"。
《自杀新法》	此二首合题作《马凡陀山歌》载于上海《联合晚报》1947 年 2 月 8 日，署名"马凡陀"。《自杀新法》又与《猪》合题作《马凡陀山歌》，载于《书报精华》第 26 期，1947 年 2 月 15 日，署名"马凡陀"。
《坐的是飞机》	
《活不起》	此二首与《上司下司》《关店》合题作《诗四首》载于上海《联合晚报》1947 年 2 月 26 日，组诗又载于《书报精华》第二十七期，1947 年 3 月 15 日，均署名"马凡陀"。其中，《活不起》经董源谱曲，先后载于《新音乐月刊》第六卷第五期，1947 年 4 月、《老乡》第一卷第三期，1947 年 5 月 15 日、《大众呼声》第一期，1948 年。
《人咬狗》	
《学费》	此三首合题《诗三首》载于《人间世》复刊第一期，1947 年 3 月 20 日，署名"马凡陀"。《走马灯》一诗经鲁樱谱曲，又载于《歌讯》第 2 期，1947 年、《新音乐月刊》第 6 卷第 6 期，1947 年 6 月 1 日，均署名"马凡陀"。
《撤退和瓜代》	
《走马灯》	

（续表）

篇目	发表刊物
《踏进毛房去拉屎》 《你叫我》	此二首合题作《诗二首》载于《时与文》创刊号，1947 年 3 月，署名"马凡陀"。
《万税》	《大家》创刊号 1947 年 4 月 1 日，又载于《书报精华》第 29 期，1947 年 5 月 15 日，均署名"马凡陀"。
《不明白》	《文萃丛刊》第三期，1947 年 4 月 20 日，署名"酒泉"。
《文艺节之歌》	《评论报》第十八期 1947 年 5 月 6 日，又载于香港《大公报》1949 年 5 月 4 日，署名"马凡陀"。
《怎么办》	《新诗歌》第四号 1947 年 5 月 15 日，原题《怎么办？》，署名"酒泉"。
《男女分校》	《大家》第 1 卷第 3 期，1947 年 6 月 20 日，又载于上海《现代文摘》第一卷第四期，1947 年 6 月 28 日，又载于《书报精华》第 31 期，1947 年 7 月 15 日，均署名"马凡陀"。
《鲁迅先生墓前》	重庆《新民报晚刊》1947 年 10 月 19 日，原题《噙着眼泪》，署名"马凡陀"。
《日本货又来了》	《诗创造》第一卷第四期 1947 年 10 月，又经华拓谱曲载于《大众呼声》第 3 期，1948 年 9 月，均署名"马凡陀"。

（续表）

篇目	发表刊物
《大钞在否认发行声中出世》	《诗创造》第一卷第七期，1948 年 1 月，原题《迎大钞》，署名"马凡陀"。
《过年》	重庆《新民报晚刊》1948 年 2 月 9 日，署名"相因"。
《如今什么都值钱》	重庆《新民报晚刊》1948 年 3 月 3 日，原题《如今》，署名"青城"。
《童话》	重庆《新民报晚刊》1948 年 3 月 22 日，署名"相因"。
《大探（冒）险家雷诺返国》	重庆《新民报晚刊》1948 年 4 月 8 日，又载于《书报精华周刊》第 7 期，1948 年 4 月 16 日，均署名"相因"。
《美国帮忙东洋人》 《荒山变成熟地》	此二诗与《青布衫》《希特勒活转来》合题作《青布衫》，载于《野草文丛》1948 年第 10 期，署名"马凡陀"。
《给我一斤面》	《新文丛》第 3 期 1948 年 7 月 20 日，署名"马凡陀"。

注：此处刊载目录整理参考了韩丽梅编《袁水拍著译年表》、全国报刊索引网站及笔者收集的其他相关资料。

汇校版本书影

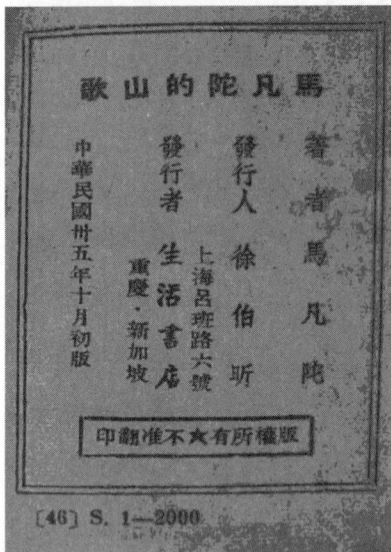

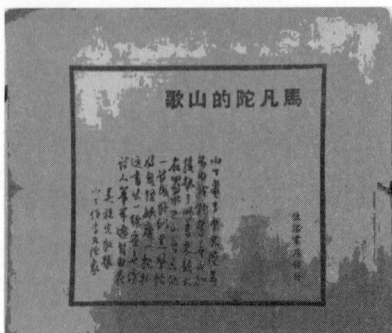

生活书店本

1946 年 10 月

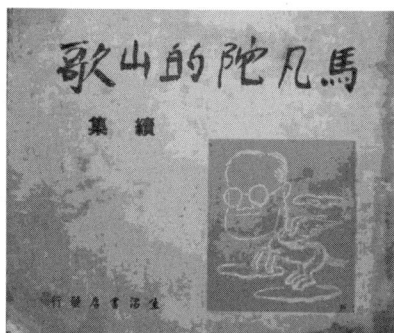

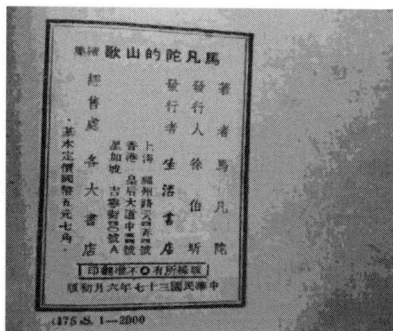

生活书店本续集

1948 年 6 月

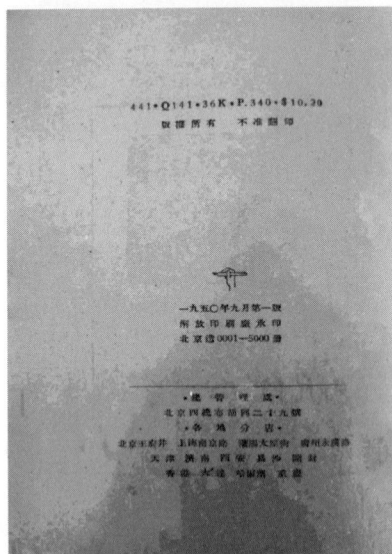

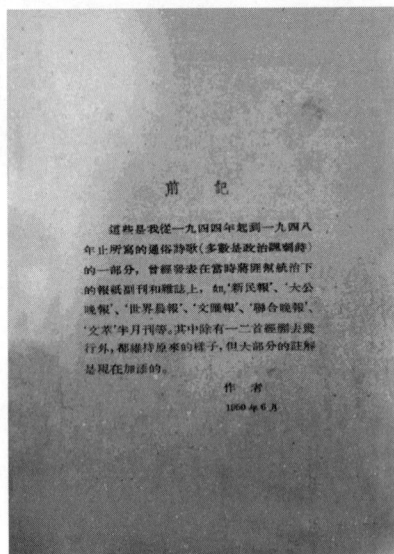

三联本

1950 年 9 月

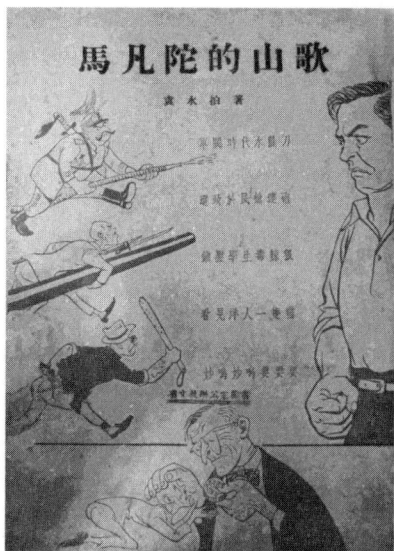

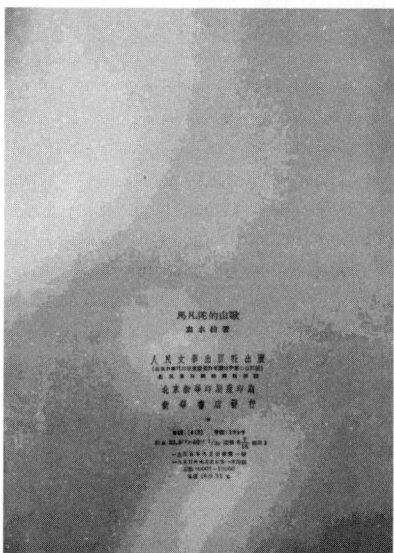

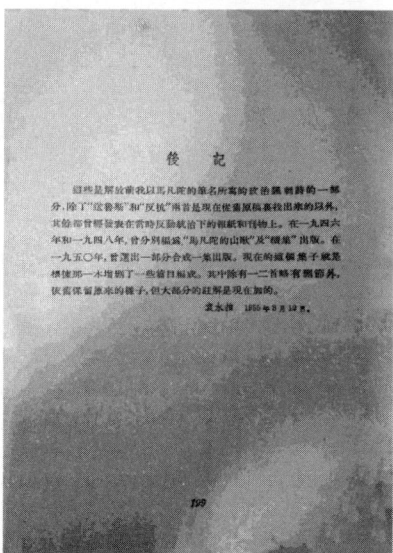

人文本

1955 年 9 月

诗选本

1955 年 9 月

目　录

马凡陀的山歌

一九四四年

幽默呀，幽默！ / 005

求饶？ / 007

幕开幕落 / 009

活得明白 / 011

冻结 / 013

致黄泥浆，我的老友 / 015

标题音乐 / 017

老王求婚记 / 020

公共汽车抒情诗——调寄西蒙诺夫《等待着我吧》—— / 022

一九四五年

变 / 027

新人力车 / 029

新年礼物在德国 / 031

赵经理口渴 / 033

瑞猪颂 / 035

咏特制之运货车 / 037

希特勒的杰作 / 040

"超现实"派的诗 / 042

儿歌一 / 045

儿歌二 / 047

海外奇谈——为"三八"而写—— / 049

黑白画 / 051

山中人 / 053

珍馐逼人 / 055

黄金，我爱你——仿《妹妹，我爱你》调—— / 058

与商人谈文化 / 061

欢送郭沫若先生赴苏联 / 063

我的解释 / 065

张三害霍乱 / 069

"亲启"——报载："无密可陈，禁写亲启"。—— / 072

副官自叹 / 075

一个秘密 / 077

希特勒躲在阿根廷山里 / 079

三万万美金的神话 / 081

马将 / 084

抗战八年胜利到（王大娘补缸调）/ 085

大人物狂欢曲 / 089

洋媚孤哭七七 / 092

下江人歌（仿贺绿汀作《游击队歌》，即《我们都是神枪手》。
　　　　原歌注明 C 调跳跃进行）。 / 094

送"审"拟记者作家握别检查当局歌 / 096

致鲁斯先生 / 098

我讨厌这张报 / 099

推盘受盘 / 101

回乡的轮船 / 104

上峰颂 / 106

丈夫去当兵 / 109

中国皮鞋致古巴皮鞋 / 113

民主和原子弹 / 116

主人要辞职 / 118

吹笛猎人 / 121

大皮鞋 / 123

一只猫 / 125

英雄颂 / 126

听啊！特使唱高声（圣诞颂诗）(Hark! The herald
　　　　　　　　　angels sing) / 128

圣诞节致马歇尔将军诗 / 130

一九四六年

一千呎下就是上海 / 137

上海的感觉 / 139

取消人力车（报载：当局要取消人力车了）/ 141

出川难 / 144

吉普车，我原谅你！（为上海美军要求回国运动作）/ 147

致病中的我 / 150

克宁奶粉罐铭 / 153

挤电车 / 156

陶行知颂 / 158

今年这顿年夜饭 / 160

王小二历险记 / 163

加薪秘史 / 166

怀念黄色公共汽车 / 169

抓住这匹野马 / 171

赫尔利这老头子 / 173

嫖经序诗 报载妓女应穿制服 / 176

改革歌 / 178

感谢读者（寄念云君）/ 181

人间喜剧 / 182

张百万 / 185

弃文就武篇 / 189

情诗 / 191

上海物价大暴动 / 194

看病记 / 197

若无其事（粤事书感）/ 199

长方形之崇拜 / 201

外汇颂 外汇开放后市面顿趋平定（三月五日报纸
　　　　标题）/ 203

眠儿曲 / 207

青菜甜·萝卜脆 / 210

三万万美金脱险记 / 213

今年什么顶时髦 / 217

我们都是些滑稽角色 / 220

致弗雷特烈君 / 223

DDT / 225

准跳舞·禁贴脸 / 228

春天之歌 / 230

上海之战 / 232

请医生 / 234

王小二检举不肖房东记 / 236

发票贴在印花上 / 241

剧运的厄运 / 245

特殊的算学（四月十五日正言报：湘省赈灾拾闻）/ 247

为了房子，官做些什么？/ 249

民意和代表 / 252

毛巾选举 / 253

马凡陀的山歌　续集

感恩 / 261

警察巡查到府上 / 263

朱警察查户口——调寄《朱大嫂送鸡蛋》/ 266

施奶 / 270

活的对死的说 / 272

送俘虏 / 276

糊涂（儿歌）/ 278

狗骑马（儿歌）/ 279

脚踏车（儿歌）/ 280

妈妈妈妈你别骂（儿歌）/ 281

太阳一出（儿歌）/ 282

六十六岁公公（儿歌）/ 283

宝宝（儿歌）/ 284

男和女 / 285

"外汇放长"后的上海 / 286

四不像 / 287

停战 / 290

我爱美国——仿《打倒列强歌》/ 292

头戴美国帽 / 293

新生活 / 295

发疯的枪 / 296

难为情 / 299

一胎八男说因由 / 302

送钥匙 / 304

东南西北古怪风 / 306

将军不带兵 / 309

狗的登记和不登记 / 310

登记狗——仿贺绿汀《我们都是神枪手》/ 311

致老爷 / 312

退出中国——仿《打倒列强歌》/ 314

海内奇谈 / 317

美术家的难题上海的新花样 / 320

回头来想一想 / 323

"我们的信仰" / 325

洪水来临前情书 / 328

一步难一步 / 330

肥胖的上使 / 331

咬的秩序 / 333

阿 Q 的大便 / 335

公务员呈请涨价 / 337

叩一个头 / 340

铁丝网围在四周 / 341

神话 / 342

报载有吞墨水十二瓶自杀未遂者 / 344

大胆老面皮 / 346

上海之冬 / 348

送旧迎新——一九四六年的十二个月 / 350

一九四七年

民国卅五年的回顾和民国卅六年的展望 / 355

关金票 / 362

文汇报 / 364

自杀新法 / 367

坐的是飞机 / 368

拆洋烂污 / 369

老母刺瞎亲子目 / 370

老虎，苍蝇，羔羊 / 372

万税 / 373

人咬狗 / 375

活不起 / 376

学费 / 378

撤退和瓜代 / 379

走马灯 / 380

不明白 / 382

踏进毛房去拉屎 / 385

你叫我——拟情书 / 386

怎么办 / 387

文艺节之歌 / 390

米价涨 / 392

男女分校 / 393

米蛀虫 / 395

这个世界倒了颠 / 396

纸头老虎——法币 / 398

六月天气 / 399

日本货又来了 / 401

鲁迅先生墓前 / 403

大钞在否认发行声中出世 / 404

一九四八年

过年 / 409

荒山变成熟地 / 411

如今什么都值钱 / 412

童话 / 414

大探（冒）险家雷诺返国 / 415

谦让 / 417

即景 / 418

美国帮忙东洋人 / 419

附录一

送鲁斯 / 423

给我一斤面 / 426

反抗 / 427

附录二

关金票 / 433

老母刺瞎亲子目 / 434

附录三

前记（三联本）/ 437

后记（人文本）/ 438

序（诗选本）/ 439

后记（诗选本）/ 448

马凡陀的山歌

生活书店发行
1946 年 10 月初版

一九四四年 ①

---

① 三联本此处"一九四四年"为横排；人文本无。

幽默呀，幽默！ ①

一，二，三，林语堂飞到我国来了！

早安，早安，My Country and My ② People（注一），

砰，砰，砰，炸弹一响，我不能写作了，

Good—bye，Good—bye，③ 我国与我民！

一，二，三，林语堂飞回美国去了！

林语堂真是幽默大师，幽默呀，④ 幽默！

他批评在华的外国记者不说中文，

啊哈！他自己却用英语演讲！

他批评外国记者住在中国不久，

啊哈！他自己却住纽约的摩天楼！

林语堂在美国广播又广播，

啵，啵，啵，当局不承认他代表中国发言，

---

① 此诗初刊于《新华日报》，1944 年 5 月 18 日，题作《幽默呀幽默！》，署名"李念群"。三联本及此后各本此诗均删除。

② 《新华日报》本"My"作"my"。

③ 《新华日报》本"Good—bye, Good—bye,"作"Good by Good by,"。

④ 《新华日报》本此处无逗号。

啵，啵，啵，也不像中国人民说的话，

我国与我民——大家不承认！

康孚歇斯（注二），袁中郎，相声开堂！

（注一）林著《我国与我民》英文书原名。

（注二）孔夫子在英国话里的说法。

一九四四年①

---

① 《新华日报》本此处无署时。

求饶？ ①

"为了国家向你们求饶！"
向贪官污吏，发国难财者
和死硬者——求饶！

② 为了我们的国家，
要给他们败坏了，
要是他们再不洗手。

好心 ③ 的人呀！
你们的哀号，
可曾改变了他们的心肠？

三万万美金有没有拿出来？④
贪污者有没有放下屠刀？

---

① 诗选本删去此诗。
② 三联本、人文本此处有"说是"。
③ 三联本、人文本"好心"作"'好心'"。
④ 三联本此处增加注释："当时有人在报上呼吁要求把逃亡在美国的大批存款拨回国内作抗战之用，据说这批存款约三亿美金，绝大部分是国民党官僚的贪污钱。这件事吵嚷很久，结果当然办不到。"人文本注释在三联本基础上将"逃亡"改作"逃避"。

民主有没有实行？

国家是人民的，
为什么要我们跪下来，
向他们求饶呢？

"老爷！
求求你，
饶了我们吧！"

"混账，滚下去！
你们干的好事！"
究竟是谁干的好事呀？

看无辜者在向有罪求饶！ ①
天下有这种事吗？
我们不干！

看了《大公报》社评说是向贪污及奸商求饶而作。②

一九四四年一月二十日 ③

---

① 三联本此行作"无辜者向有罪求饶！"；人文本此行作"无辜者向有罪者求饶！"。

② 三联本此处改作"看了《大公报》社评是向贪污官吏及奸商求饶而作。"；人文本此处改作"看了《大公报》社评《向贪污官吏及奸商求饶》而作。"。

③ 三联本、人文本此处均署作"1944 年 1 月 20 日。"。

幕开幕落 ①

Once upon a time, ②

当这里开会的时候, ③

不少机关的"幕"

给不少代言人 ④ 拉开了:

出场的,计有赵钱孙李,

什么长,什么官,什么经理,

还有粮食先生,茶叶小姐,

脸上斑斑点点的布疋 ⑤……⑥

锣鼓响亮,

红脸白脸,

---

① 此诗初刊于重庆《大公报·晚刊》,1944年12月3日,署名"马凡陀"。

② 三联本、人文本、诗选本此行均作"某年某月某日,"。

③ 三联本此处增加注释:"指当时的伪'国民参政会',在这个会议上,国民党内部互相倾轧,互相暴露彼此的贪污劣迹,但照例不了了之。";人文本、诗选本注释为:"指当时的伪'国民参政会'。在这个会议上,国民党内部互相倾轧,互相暴露彼此的贪污劣迹,但照例不了了之。最初报纸上的标题用的是特号字,后来逐渐缩小。"。

④ 三联本、人文本、诗选本"代言人"加引号。

⑤ 诗选本"布疋"作"布匹"。

⑥ 三联本此处增加注释:"这是指国民党反动派统治时期发生的霉布案。粮食先生和茶叶小姐云云也都是指有关机关的贪污事件。";人文本、诗选本注释为:"这是指当时发生的霉布案。粮食先生和茶叶小姐云云,也都是指有关机关的贪污事件。"。

骂曹捉放，

喝彩鼓掌。

须臾 ① 幕落，特号字模

从二号，三号……变到新五号，

那些名角儿谢了一二次幕，

闪进去了……②

---

① 三联本、人文本、诗选本"须臾"均作"不久"。

② 诗选本诗末署有"一九四四年"。

活得明白 ①

常言道，死得不明不白。
可是，我们仔细想想，
活着的有没有活得明白？

我们常常听到，不止一回，
贪污的案子不见了 ② 下文。
"怕他什么，③ 我有后台"。④
我们也不是没有看见：
那一回献金，那一回捐款，
失足落入了漏底的口袋。

我们听到难胞若干若干，
不错，荣膺了义民头衔，
却正在街头打听振济会。

---

① 此诗初刊于重庆《大公报·晚刊》，1944 年 12 月 24 日，署名"马凡陀"。诗选本删去此诗。
② 人文本"不见了"作"没有"。
③ 人文本"，"作"？"。
④ 人文本"。"移入引号内。

小孩子还只一十二岁，

昨天她演说，甚为兴奋①，②

今朝忽然被割了喉管。

股票外汇存在南美北美，

像平价布一样在库里发霉，

就是无法调查动用为难。

四大自由，盟邦③还要争取，

有人却说，"民主政治

我们早经实行在案"。

前不久，纷纷在谈复员，

建都问题闹得废寝忘餐，

此刻想来，未免黯然！

翻开报纸，擦擦双眼，

黑一道，白一块，猜了又猜，④

——谁能说我们活得明白？⑤

---

① 三联本、人文本"甚为兴奋"增加引号。

② 三联本此处增加注释："报上的记载的暗杀案。"；人文本注释为："报上记载的暗杀案。"

③ 人文本删去"盟邦"。

④ 三联本、人文本增加注释："报纸被'检查'，'开天窗'或涂改是常事。"

⑤ 人文本诗末署有"1944 年"。

冻结 ①

霉菌在这里。
霉菌在那里。

衙门里霉烂了布，
仓间里霉烂了米。

认了洋爸爸的存款，
霉烂在美国银行里。

这里的士兵喝稀饭，
一套衣服正反替换穿。

老百姓吃苦，拼死，抗战，
三万万美金闲着没事干。

难民流浪在

---

① 此诗初刊于重庆《大公报·晚刊》，1944 年 12 月 21 日，署名"马凡陀"。

雨雪交加的都匀，独山（注）①，

美金流浪在
纽约城里看大腿——

一样的冻结，
两般的滋味！

一九四四，十二月②

（注）都匀，独山，俱在黔桂公路上，当桂柳大撤退时，此两地成为难民集聚之处。③

---

① 三联本、人文本、诗选本删 "（注）"，增加数字注释："都匀，独山，俱在黔桂公路上，当桂柳大撤退时，此两地成为难民集聚之处。"。

② 三联本此处署作 "1944年12月"；人文本署作 "1944年12月。"；诗选本署作 "一九四四年十二月"。

③ 三联本、人文本、诗选本删去此注。

致黄泥浆，我的老友 ①

黄泥浆，黄泥浆，你从那儿来？
你要什么时候才走？
每天你磨折我的破皮鞋，
幸亏它的脸皮像你一般厚。

黄泥浆，黄泥浆，我的老友，
我们这些步行者都在骂你坏。
昨天你咬掉了莉莉的高跟鞋，
今天你滑断了一条狗的腿。

黄泥浆，黄泥浆，你这势利鬼，
小汽车飞着，你不敢怠慢，
可是你就瞧不起我们步行人！
你泼上我们的衣服，直泼到耳根，②

---

① 此诗初刊于重庆《大公报·晚刊》，1944年11月19日，署名"马凡陀"。三联本题目改作《致黄泥浆》，诗题增加注释："重庆的马路是用黄泥灌浆筑成的，阴雨天泥浆四溅，行人叫苦。当时这样写，是企图用黄泥浆来影射反动统治。"人文本、诗选本删去此诗。

② 三联本"，"作"。"。

黄泥浆，黄泥浆，好容易才冲掉，

他们又把新的泥巴填补那些坑洼；

好容易太阳晒干了路中心，

他们又把沟里的往当中铲。

黄泥浆，黄泥浆，你从那儿来？

你要什么时候才完？

天下有谁比你更顽皮^①的？

大家骂你，你却不理也不睬。

（注）重庆的马路是用黄泥灌浆筑成的，阴雨天泥浆四

溅，行人叫苦。^②

---

① 三联本"顽皮"作"顽固"。

② 三联本删去此注。

标题音乐 [①]

七天七夜车顶上吃睡拉

隧道口扫下了一百三百

大火，大火，大火

尸体，尸体，屁 [②] 体

壁上春光半露

勇士攘臂直前

大腿，大腿，大腿

曲线，曲线，曲线

火光里突出的眼睛

眼睛里冒出的火焰

城市跟着城市，铁路线

乡镇又乡镇，小径和骑兵

快乐无疆，明月重圆夜

挤掉帽子者大有人在

[①] 此诗初刊于重庆《大公报·晚刊》，1944年12月8日，署名"马凡陀"。人文本、诗选本删去此诗。

[②] 此处"屁"疑为"尸"字排版印刷之误。三联本"屁"作"尸"。

如遇警报，全部五彩

头奖硬是在此，发财请早

吃紧，吃紧，吃紧

看涨，看涨，看涨

四十万万元在金潮里打滚

变，不变，莫谈国事

支支宏壮悠扬

场场歌舞美妙

为慰劳从军同学而歌

为救济后方难胞而舞

长约数十里之行列，餐风露宿

奶油人造冰上绝技，广寒春色

语皆血泪，感激至于涕零

扶老携幼，余等深为感动

国产时装悲剧巨片

情节哀感，缠绵，紧张

奉劝太太小姐多带手帕

天窗，天窗，天窗，天窗……①

（注）以上字句差不多全是报纸上的广告用语，特写通

---

① 三联本增加注释："以上字句差不多全是报纸上的广告用语，特写通讯和电讯中的原文，大小标题，以及电影名称等等。"。

讯和电讯中的原文，大小标题，以及电影名称等。凑在一起，
无以名之，名之曰标题音乐。[①]

　　　　　　　　一九四四年十二月十四日。[②]

[①] 三联本删去此注。
[②] 三联本署作"1944 年 12 月 14 日"。

老王求婚记 ①

据说老王有一个女朋友蜜丝李，
老王对她的感情决非寻常可比：
第一，四百块的话剧请她看戏，
第二，八十块的人力车送她回去

第二天老王就开口，何用客气？
"我读的是大学商业会计系，
可是并没有当什么公务员，
只是自己在做一点小生意；

"我年纪还只有二十六个青春，
可是在某机关我挂一个名儿，
每月照领十斗平价米，
不多不少注册三十一岁年纪；

"我的姐夫的同学有一个表兄，

---

① 此诗初刊于重庆《大公报·晚刊》，1944 年 11 月 9 日，署名"马凡陀"。三联本、人文本、诗选本删去此诗。

他的乡亲现任某府娘姨。

有什么事只管拜托她，

包管什么都不生问题；

"我有身份证，购盐证，特约证，

合作社社员证，买东西特别便宜。

家里还存有半匹阴丹士林……

蜜丝李！我看我不必再说下去！"

一九四四，冬

公共汽车抒情诗 ①

——调寄西蒙诺夫《等待着我吧》——

等待着我吧，我要来的。

但你要长久地等待着。

等待着我吧，当那凄凉的秋雨

勾起你心头的忧愁的时候。

等待着我吧，当那些小汽车飞过，

把黄泥浆溅上你平价布袍子的时候。

等待着吧，当标准钟已经忘记了

它的钟点，别人已经等得不耐烦

坐了人力车而先去的时候。

等待着吧，当从遥远的马路那头，

依旧望不见我的影踪。

等待着吧，当那些和你一起等待的人

等得腿子已经酸麻了的时候。

等待着我吧，我要来的。

① 此诗初刊于《益世报》，1945年6月16日，署名"酒泉"。三联本、人文本、诗选本删去此诗。

不要学那些性急朋友，

等不及拔脚先走，

让你的颈子伸得长无可长，

让你的火气练得冲淡和平。

让"大减价"的喇叭，商业广告的音乐

安慰你的寂寞。

让盟军搭上车先走，

向他们的目的地快乐地赶去。

可是你千万不要着忙，

也不可眼热那些跑在前面的人。

等待着我吧，我要来的。

你看那车站的木柱上不是还没有

贴出"班车已完"的布告？

让他们去说："你上当了！"

你别怀疑我已经在七星岗抛了锚，

或是猜想我还没有从上清寺开出。（注）①

相信我，决没有错。

那些没有等待我的人，

他们决不会了解：

就是你拿了自己的等待

———————————

① 《益世报》本无此注释。

才搭到了我的车。

我是怎样驶过来的，

那时候，只有我和你两个人才会知道！

这只是因为你，

比任何人都更会等待着我呀。①

一九四四年冬②

（注）七星岗和上清寺是两个站名，前者是中途站，后者是起点。

---

①《益世报》本"。"作"！"。
②《益世报》本此处署作"一九四四，冬，重庆"。

一九四五年 ①

变①

我的朋友说，今年比往年冷，
至少天气是在变——可以证明。
战前的棉袍今年破得更不行，
更莫说岚炭早就不敢进门。

隔壁那家时新百货公司，
去年年底说是关店大削码，
到了新年初一，摇身一变，
"酬答老主顾，新春大廉价！"

一忽儿可以养猪，一忽儿又遭禁；
一忽儿卖猪肉，一忽儿又不准：
上个月是3，这个月是4，
储蓄券的尾奖硬是月月新。

去年的莉莉决不同于今年，

---

① 此诗初刊于重庆《大公报·晚刊》，1945 年 1 月 10 日，又载于《华西日报》，1945 年 1 月 16 日，均署名"马凡陀"。三联本、人文本、诗选本删去此诗。

风霜练老了她的脸皮，

今年她搽起三花粉来，

就得加重分量哩！

毛厕里的白浊灵药"半月断根"，

最近广告却改了"两周包医"，

多少缩短了些时期！

可是——"信不信由你"！

一九四五年一月

新人力车 ①

渝市人力车总数约四千五百余辆，最近市府施行检查，特令全市人力车重新修理并换蓬布，现按日有四百辆人力车修整油漆工竣，换上黄色蓬布，式样，颜色较过去美观。至人力车夫租赁之租费，每月增为五千余元。(见重庆《大公晚报》)

说牛马，
话牛马，
人力车好比牛马拉。
自从来了外国人，
市容不好最尴尬，
一新耳目只有改办法。

换布蓬，
油漆搽，
贫穷肮脏真讨厌，

---

① 三联本、人文本、诗选本删去此诗。

破旧难看活该骂，

新车过市多神气！

四强之一顶瓜瓜！

新蓬换上谁出钱？

油漆费用谁肯化？

车夫老板把租价涨，

车夫只好把车钱加，

坐不起车儿走走罢，

生意难做我管他妈！

可惜漆了人力车，

褴褛的车夫还是他，

你说外国人看到了，

难道会说"顶好"吗？

两脚如飞下七星岗，

究竟是人还是马？

一九四五年一月

新年礼物在德国 ①

戈林公司得到更多的利润，

瑞士和阿根廷收到更多的存款，

柏林得到更多的炸弹，

街头散发了更多的传单，

愿一切荣光归于我——希特勒！

主妇们穿上木屑做的衣服，

孩子们吃着代用品的鸡蛋，

男人们死在匈牙利，罗马尼亚，

更多的坟墓，更多的眼泪，

愿一切荣光归于我——希特勒！

希墨莱得到更多的头衔，

从屠夫，狱卒一直做到教授，元帅，

感谢上苍！每一个工人背后，

"格死打扑"再加给两枚！

① 此诗初刊于《华西日报》，1945年1月1日，署名"马凡陀"。三联本、人文本、诗选本删去此诗。

愿一切荣光归于我——希特勒！

一九四五年一月一日

（注）"格死打扑"是德国秘密警察（Gestapo）的音译。

赵经理口渴①

赵经理口渴，打了半天铃，

茶房老钱怎么不见人影？

气冲冲大骂孙庶务岂有此理，

"你不管茶房，管什么事情！②"

孙庶务弯着腰忙赔不是，

说老钱今天一早去报名从军。

正说时，那茶房刚刚回来，

他站在一边，不敢作声。

赵经理此时忽改口气：

"老钱，你从军，硬是要得！

保卫国家本来大家有份，

不过，你得把制服退回孙先生"。③

---

① 此诗初刊于重庆《大公报·晚刊》，1944年11月28日，又题作《赵经理口渴——重庆谐曲之三》，载于《评论报》，1945年2月10日，均署名"马凡陀"。人文本、诗选本删去此诗。

② 《评论报》本"！"作"？"。

③ 三联本行尾"。"在引号内。

掉转脸，他再对孙庶务说：

"老钱当兵是本公司的光荣，

你快去买花炮，红绸和毛巾 ①，

再准备一队军乐欢送"。②

接着他又对茶房说："老钱，

你去休息休息，不必倒茶哩！"

"赵经理，可是"，茶房答道：

"我体格不及格，③ 没有准，所以……"

---

① 《评论报》本"红绸和毛巾"作"红绸，毛巾"。

② 《评论报》本、三联本行尾"。"在引号内。

③ 《评论报》本此处无逗号。

瑞猪颂 ①

廿一日清晨，南纪门特记屠宰场得一乌骨猪，重逾百斤，为百年来未有之事。此种乌骨猪之发现，乃民主国家吉祥之兆。其肉可延年益寿。该帮人士及地方人等闻讯，恭贺之鞭炮终日未停。估计鞭炮费达数万元。此事适在滇缅路畅通之时发生，咸谓实迎接最后胜利来临之征兆。（见三十四年一月二十三重庆《新民报》②）

喔！神圣的清晨，曙光已经来临！
五彩的云霞簇拥着飞翔的精灵，
他们吹响了嘹亮的号角，传报这令人
感泣的佳讯：吉祥的猪猡今日降生！

喔！你不同凡③的体重，重逾百斤！
喔！你象征民主的乌骨，耳目一新！
百年来未有之盛事，苍天保佑！

---

① 人文本、诗选本删去此诗。
② 三联本"见三十四年一月二十三重庆《新民报》"作"抄 1945 年 1 月 23 日重庆'新民报'"。
③ 三联本"不同凡"作"不同凡响"。

居然在滇缅路畅通之时发生！

啊，畅通，通畅，畅快，快畅！
几万块钱算什么，鞭炮要放得响，
最后胜利就这么迎接来了啊！
你重要的神圣的胖猪猡，猪猡大亨！

静听！静听！历史家说文王之世才有过！
科学家说这是我们最大的发明啰！
生物学家问为什么骨头会变黑？
商人答是心黑，黑得入骨三分之故。

老枪说不，它和我是同样的作风，
专家说还是请特记屠场来考察研究①，
可是有人说，兹事体大，岂可随便批评？
一阵鞭炮响，掩没了他们的语声……

一九四五年一月二十四日②

咏特制之运货车 ①

据悉：美国新为中国特制之运货车，其型式将与一般车辆有异。车身之流线型甚锐，司机台与货仓完全隔离，若搭装黄鱼及私货，几无地容纳。且货仓有一定重量，封锁之后，非以固定方法不能开启。中印公路之秩序，可望由车型之改善，而减少若干弊端。（《大公报》晚刊二月六日）

甲：

"美国人硬是要得，太够朋友，

给我们大炮，飞机，汽油，

还给我们布匹，黄金，轰炸手，

送了他们的孩子来打仗，

还让我们的少爷去吃牛奶，热狗……"

乙：

"好是好，可是也太使人难堪，

送了物资来，不肯就算，

---

① 此诗初刊于《华西日报》，1945年1月17日，署名"马凡陀"。三联本、人文本、诗选本删去此诗。

我们的事要他们七张八嘴！

这样不行，那样要管，

害我们天天闹市容，

捉了乞丐，还要赶掉摊贩！"

甲：

"那是因为我们太不争气。

把人家的东西不当东西，

不能囤积的也搁着居奇。

把他们送我的卡车装私货，

上下其手，只管作弊，

揩油，贿赂，名闻东西"。

乙：

"所以，他们要发明这辆

最合东方国情的运货车，

特质的车厢，固定的分量。

叫你一条黄鱼也装不上，

'财神堂'也要改样，

任何作弊一概休想！"

甲：

"我们还是有我们的办法，

锁得上的锁总归打得开，
发明了不作弊的汽车，
发明不了不作弊的脑蛋。
你有一百另一种办法，
我再来一百另二，一百另三！"

乙：
"像你老兄这样厚皮，
别说美国人，就是仙人，
也要大叫'上帝'！
不过，你还是小心一些，
若要人不知除非己莫为，
考察新闻的又要来哩！"

一九四五年二月六日

希特勒的杰作 ①

一九三八年，一个美丽的春天，

一道加急电从柏林打到瑞典，

瑞典某商人接到一张巨大的定单，

不是买纸也不是买著名的火柴。

定单上开明定购花岗岩大批，

要凿得方正 ② 要挑得精细。

到一九四〇年那买主催请送货，

说是这批花岗岩有紧急用途。

经过多方探听，最后 ③ 秘密泄露，

第三帝国的元首正是它的定户。

希特勒要买大批的花岗岩，

为的是要造一座胜利纪念碑。

碑有二千五百尺宽，一千尺高，

---

① 诗选本删去此诗。

② 人文本此处有"，"。

③ 人文本此处有"，"。

长凡四千五百尺，一寸也不少。
独霸欧洲是我初步的大胜利，
造一座摩天楼似的牌坊才合我意。

不料去年柏林来电关照此货慢交，
原来预定的计划稍稍有点不妙。
瑞典商人眼看生意非亏本不可，
这小山似的一座哪里再有销路？

赶忙打急电询问有无其他用途，
譬如，是不是可以改做坟墓？
戈培尔回电道我们死无葬身之所，
哪里再用得着这批该死的宝货①？

这故事是美国《生活》杂志所载，
还有照相一幅，大块的花岗岩堆积如山。
君不见拿破仑东征俄罗斯之前，
也曾定铸了大批的勋章准备凯旋！

（注）这故事根据一月十五日②美国《生活》杂志

一九四五年③

① 人文本"宝货"作"定货"。
② 三联本、人文本"一月十五日"作"1 月 15 日"。
③ 三联本此处署作"1945 年"；人文本署作"1945 年。"。

"超现实"派的诗 ①

我看见一条裤子只有一只纽扣

我看见一只口袋装得下九个圈的美金

我看见一块招牌"头奖并不在此"

我看见布变纸，米变酒，发妻变姘头（注一）

我看见一挑江水比血的价钱还贵

我看见这里的表都已经停止

我看见一种职员名字叫"裁员"

我看见舞弊砍了一个头又长出一个

我看见许多枝笔都在说谎

我看见一只祥瑞的猪，一只自由的狗

我看见人们在吃火柴但不为了自杀

我看见某某和民主的距离好像

　从阿拉斯加到印度（注二）

我看见一种最快的速度名叫"更正"

我看见一纸公文，它说我从来没有看见过这些事

---

① 三联本、人文本、诗选本删去此诗。

（注一）有人主张霉布可以造纸，霉米可以造酒，故仓库中纵有霉烂之物资亦不致完全成为废物。"发妻变娇头"是指当时成都某教授别有新欢，与发妻对簿公堂时说他的夫人其实只是娇头而已。"裤子只有一只纽扣"是指当时有人检举军服做得太马虎，只用一只纽扣。"九个圈的美金"即在美国冻结的私人存款三万万元。

（注二）此事并非我看见，来历出于二月二日新民报《上下古今谈》。

一九四五年二月二十三日

（附记）

在一本英国诗歌的选集里看到好些有趣的诗歌，有些是儿歌，有些是著名诗人写的"游戏文字"。不少句子都在可能与不可能之间。据说英国这种轻松的韵文传统颇为悠久。那本常常刊登轻松韵文的《笨拙》（"Punch"）杂志就已经出版了百把年。

有一只儿歌很古怪，我看得高兴，译了出来，并且仿照它写了上面这一首。原诗译出如下：

我看见一只孔雀有一条火焰的尾巴
我看见一颗彗星降落许多冰雹

我看见一朵云四周围着一条藤

我看见一株橡树在地上爬

我看见一只虾吞下一只鲸鱼

我看见海里装满了美酒

我看见一只酒杯十五尺深

我看见一口井充满了人类的眼泪

我看见红肿的眼睛发出火焰

我看见一座房子比月亮还大而高

我看见太阳在半夜十二时发光

我看见一个人他看见了这些奇象

儿歌一 ①

去了泥浆，

来了灰尘；

泥浆去了，

灰尘来了；

泥浆来的时候，

提不起脚板；

灰尘来的时候，

眼睛也睁不开。

好容易泥浆刚去，

怎么的灰尘又来？

泥浆让位给灰尘，

灰尘移交给泥浆；

泥浆变灰尘，

灰尘变泥浆；

---

① 此诗与《儿歌二》合题为《回旋曲二首》，刊于《新华日报》，1945 年 3 月 4 日，署名 "媚娘"。三联本、人文本、诗选本删去此诗。

变戏法，戏法变，

泥浆与灰尘的交响。

一九四五年三月四日 ①

————————

① 《新华日报》本此处无署时。

儿歌二 ①

鼻涕，鼻涕，
拖呀拖得长！

大家来看看：
是不是太肮脏？

黄黄的一长条，
腻腻的真难熬。

拖下去，缩上来，
拖下又缩上。

拖呀，拖呀，
拖到几时了？

"顶不好！

---

① 此诗与《儿歌一》合题为《回旋曲二首》，刊于《新华日报》，1945 年 3 月 4 日，署名"媚娘"。三联本、人文本、诗选本删去此诗。

顶不好！"

"硬是不擦掉！
硬是不擦掉！"

鼻涕，鼻涕，
拖呀拖得长……

一九四五年三月四日 ①

---

① 《新华日报》本此处无署时。

海外奇谈 ①

——为"三八"而写—— ②

③ 庆果来人把人民分成等级，

贱民不能算人，叫做祖贝。

祖贝男人不准困地板， ④

祖贝女人只好光着背。

光着背为的是啥？

为的是挨打 ⑤ 没有还价。

贵族们打起来何等便当！ ⑥

比不得穿着 ⑦ 衣服碍手碍脚。

穿着衣服就是 ⑧ 隔了一层，

---

① 此诗初刊于《世界晨报》，1946 年 3 月 8 日，署名"马凡陀"。三联本、人文本、诗选本删去此诗。

② 《世界晨报》本此处副标题作"为三八妇女节写"。

③ 《世界晨报》本正诗前有小序："非洲庆果来族土人分成许多等级，最下层的贱民称为'祖贝'。祖贝女子不论什么时候，均须光着上身，以便男子打起来方便些。"

④ 《世界晨报》本此行原作"祖贝女人不准睡地板，"。

⑤ 《世界晨报》本"挨打"作"打起来"。

⑥ 《世界晨报》本此行原作"男人们打起来十分便当，"。

⑦ 《世界晨报》本"穿着"作"穿"。

⑧ 《世界晨报》本"穿着衣服就是"作"穿了衣服究竟"。

隔了一层就 ① 不免差劲。

只要老爷们 ② 心上高兴,

随手就 ③ 打这赤裸的上身。

赤裸的上身,挨打的命运,

赤裸的上身,表示忠心耿耿。

"祖贝女人,你是妇道的标准!

巾帼英雄,胜利属于你们! ④"

贵族老爷们 ⑤ 这样称赞,

一面把鞭子抽打她们的脊背。⑥

(注)庆果来人分成许多等级,最下层的贱民被称做祖
贝。祖贝女子,不管什么时候,都必须光着上身,以便贵
族打起来方便些。(《新民报》载)⑦

---

①《世界晨报》本"就"作"自然"。

②《世界晨报》本"老爷们"作"男人们"。

③《世界晨报》本"就"作"好打"。

④《世界晨报》本此行原作"祖贝女人,我喜欢你们!"。

⑤《世界晨报》本"老爷们"作"男人一面"。

⑥《世界晨报》本此行原作"一面打她们,有趣得很。";此行后原还有二行:

"祖贝女人,标准美人!

自由属于你神圣的女性!"

⑦《世界晨报》本此处原无注解。

黑白画①

黑的声音大②

　哗啦哗啦啦③

白的像哑巴④

　嗳唷嗳唷唷⑤

假的满天飞⑥

　飞呀飞呀飞⑦

真的拉⑧住腿⑨

　拉呀拉住它⑩

---

① 人文本诗题改作《黑和白》，并增加注释："本篇中所指的黑白、假真，分别表示反人民的力量和人民的力量。"。诗选本删去此诗。
② 人文本此处有","。
③ 人文本此处有"。"。
④ 人文本此处有","。
⑤ 人文本此处有"。"。
⑥ 人文本此处有","。
⑦ 人文本此处有"。"。
⑧ 人文本"拉"作"栓"。
⑨ 人文本此处有","。
⑩ 人文本此行作"难呀难动弹。"。

我才有根据①（注）② 甲乙丙丁戊③ 你也想做人④

马牛羊猪猡⑤

一九四五年三月廿五日⑥

（注）某论客在《大公报》中著论，谓联合政府有什么"根
据"？⑦

---

① 人文本此处有"："。
② 三联本此处"（注）"删除，另作尾注："某论客在《大公报》中著论，谓联合政府有什么'根据'？"。
人文本注释为："当时有人在《大公报》上发表论文，责问道：'联合政府有什么根据？'"。
③ 人文本此行作"'甲、乙、丙、丁、戊……'"。
④ 人文本此处有"？"。
⑤ 人文本此行作"马、牛、羊、猪猡！"。
⑥ 三联本此处署作"1945 年 3 月 25 日"；人文本署作"1945 年 3 月 25 日。"。
⑦ 三联本、人文本删去此条注解。

山中人 ①

我仰卧在绿色的山顶，
青草作床，手臂作枕，
苍松翠柏围绕在我四周，
天空流着逍遥自在的白云。

我的心像玻璃一样透明，
我的心像石头一样四平八稳，
这世界好像没有一种灰尘，
我的心自然没有半点阴影。

啊，这块土地是多么美丽！
小虽小总算还是我底！
要是天上会有什么掉下，
除了我所想的还有什么别的！

我仰卧在绿色的山顶，

---

① 三联本、人文本、诗选本删去此诗。

青草作床，手臂作枕，
我张开嘴巴在等，在等……
不错，我是张开嘴巴在等！

一九四五年三月廿九

珍馐逼人 ①

"至于敝国的烹调术……"

——② 乔治张

"我们中国人并不以吃为可耻。我们有苏东坡猪肉，如果英国有华茨华斯炙牛肉片或高尔斯华绥薄肉片，那是不可想像的。…中国人接受食物像接受性——女人一般 ③ 。"

——林语堂《我国与我民》④

晶亮的刀叉排着队伍：银，钢，瓷，玻璃，水晶。

各色美酒，中中西西；各种食具，高高矮矮。

鲜花，纸彩，浆硬的餐巾，烫平的台毯。⑤

可惜空着一只坐位，我们的贵客没有来。

---

① 此诗初刊于《益世报》，1945年6月30日，署名"酒泉"。三联本诗中有插页漫画；人文本、诗选本删去此诗。

②《益世报》本原无"——"。

③《益世报》本"一般"作"一样"。

④《益世报》本无"——林语堂《我国与我民》"。

⑤《益世报》本以上三行原作：

雪亮的刀叉排着队伍，银的，□的，瓷的，玻璃的，钢的；

各色美酒，中国的，外国的；各种食具，高高的，矮矮的；

鲜花，纸彩，浆硬的餐巾，烫平的台毯……

愿上帝佑彼①灵魂！他在哪里？

白锡包，骆驼牌，三五，老金，刚刚②开听。

白色的桌布上③摆满了鱼翅，虾仁，海参。

白衣的侍者④泡好了锡兰红茶，西湖龙井。

可惜白等了一位没有赴约的客人。

愿上帝佑彼⑤灵魂！他在哪里？

清蒸鱼，香酥鸭，八宝饭，鸡油菜心，

香蕉，广柑⑥，哈密瓜，陪席的属员们。

"董事长照例不到，让我们开怀畅饮！

每天半打以上的请帖，叫他如何分身？⑦"

愿上帝佑彼⑧灵魂！他在哪里？

还有七桌饭等着他，因为他老人家

在七个机关，公司，银行里都有兼差，⑨

有的职员吃，有的赏了茶房和茶房的太太⑩，

---

① 《益世报》本"佑彼"作"保佑他的"。
② 《益世报》本"刚刚"作"都刚刚"。
③ 《益世报》本"白色的桌布上"作"圆桌上"。
④ 《益世报》本"白衣的侍者"作"白衣服的听差"。
⑤ 《益世报》本"佑彼"作"保佑他的"。
⑥ 《益世报》本"香蕉，广柑"作"广柑，香蕉"。
⑦ 《益世报》本"叫他如何分身？"作"叫他怎么能分身！"。
⑧ 《益世报》本"佑彼"作"保佑他的"。
⑨ 《益世报》本此行原作"在七个机关，公司里都有兼差，"。
⑩ 《益世报》本"太太"作"舅爷"。

有的归庶务报销，免得白白地把山米糟蹋①。

愿上帝佑彼②灵魂！他在哪里？

此外，实不相瞒，他还有大小两个公馆，

都为他准备了三餐，他都没有去。③

到处找不到——原来他今天胃口不好，

只能到曼丽④那儿去吃火腿夹面包！

愿上帝佑彼⑤灵魂！他在这里！

一九四五年三月⑥

---

① 《益世报》本"白白地把山米糟蹋"作"把山米白白的糟蹋"。
② 《益世报》本"佑彼"作"保佑他的"。
③ 《益世报》本此行原作"都为他老人家准备了三餐，他都不到。"。
④ 《益世报》本"曼丽"作"曼莉"。
⑤ 《益世报》本"佑彼"作"保佑他的"。
⑥ 《益世报》本此处署作"一九四五，春，重庆"；三联本署作"1945 年 3 月"。

黄金，我爱你 ①

——仿《妹妹，我爱你》调——

黄金，

我爱你，

我爱你，

我爱你！

我爱你的脸孔，

明明亮，明明亮，

好比点上了轻磅泡；

黄黄的又像柠檬儿，

解渴又醒脑，

啊，解渴又醒脑！

黄金，

我爱你，

我爱你，

---

① 三联本、人文本、诗选本删去此诗。

　　我爱你!

我爱你的身价,
不会跌,只会涨,
花纸儿那能比得上?
它越来越走样:
今天买两磅巧格力,
从前可以造洋房!

　　黄金,
　　我爱你,
　　我爱你,
　　我爱你!

今天你才两万元,
明朝就变三万五,
一两加上一万五,
百两可赚百万多,
买你一千两,
千万富翁就是我!

　　黄金,
　　我爱你,

我爱你，
我爱你！

我爱你好比亲爸妈，
我是先知，你鲜花，（注）
发了洋财，天不怕，
烂了红苕，我管它！
一架飞机上纽约……
哈利路耶，哈利路耶！

一九四五年四月廿五日

（注）"先知"典出重庆《商务日报》四月四日社论："因
为提高的消息太宝贵了，就难保无一丝透出，试比较廿七
日与廿八日之黄金存款数字，谁能肯定说人无未卜先知之
本领……"

与商人谈文化 ①

报载："印书成本日增，究竟要不要文化？"

有人问我道：

文化要不要？

我说道：

你要生料还是熟料？

有人问我道：

文化要不要？

我说道：

哪及黄金和美钞。

有人问我道：

文化要不要？

我说道：

市价看不看俏？

---

① 此诗初刊于《新华日报》，1945 年 6 月 15 日，署名"劳泥"。三联本、人文本、诗选本删去此诗。

有人问我道：

文化要不要？

我说道：

最好别胡闹。

有人问我道：

文化要不要？

我说道：

没有也算了。

有人问我道：

文化要不要？

我说道：

当心我发毛！

什么文，什么化！

两者皆可抛！

照着我尺寸，

别多也别少！

一九四五年六月十五日 ①

① 《新华日报》本此处无署时。

欢送郭沫若先生赴苏联 ①

欢送郭老出房门，
朋友亲戚叫一声：
房间里空气闷又热，
你出门当心伤了风。

欢送郭老到大厅，
再请你这里坐一阵，
上下古今你都清楚，
莫让幽默大师编山海经。

欢送郭老下台阶，
阶前一枝牡丹花，
牡丹虽好有虫咬，
不堪相送老人家。

欢送郭老到前庭，

---

① 三联本、人文本、诗选本删去此诗。

万人争看郭先生，

你是文化老战士，

你的呼声赛雷霆。

欢送郭老大门口，

大门开起来叽叽勾，

风吹雨打锁生锈，

华莱士说这扇门要修一修。

欢送郭老上街来，

巡官喝声你是谁？

你既非官儿又非管，

把你的身份证给我看一看！

欢送郭老上机场，

"懒得死""尖头　"都在等出洋，

你们去喝西洋外国自来水，

我们郭先生去看胜利的好盟邦！

一九四五年六月八日

我的解释 ①

"我的官员护照上所注明的职务不过是研究中美文化关系。实际上我的工作不过是尽力替中国向美国解释罢了。"

——林语堂

女士们！先生们！

请你们给我几分钟宝贵的时间，

让我来给你们解释一下。

你们常常关怀我国，

这自然是你们的仁慈，

我们感到非常荣幸。

你们关心我们这样，

你们记挂我们那样。

一回儿来了威廉·约翰君 ②，

一回儿来了爱莉丝和爱伦。

你们到这边去走走，

你们又到那边去张张。

---

① 此诗初刊于《新华日报》，1945 年 6 月 17 日，署名"劳泥"。三联本、人文本、诗选本删去此诗。

② 《新华日报》本"威廉·约翰君"作"威廉约翰君"。

毅然地舍弃了高尚的抽水马桶，

甘心去登那不文雅的毛坑。

把你们的鼻子伸进了前厅，

不算数——还要跨进卧室和厢房。

给你们吃几顿最好的筵席，

不满足——①还要问短问长。

固然这一切都是你们的善意，

可是难免发生一些不大好的影响。

记得我们的孔夫子曾经说过：

请你们自己去扫海德公园门口的雪，

别管我们夫子庙屋顶琉璃瓦上的霜。

那位辞了职的国会图书馆馆长

也曾说过"无为"，意即什么都别管。

所以你们还是把精力节省节省。

何必仆仆风尘离开了亲爱的太太，

飞越那可怕的驼峰，

弄得呕吐，头晕，耳朵发响，

这一切有什么好处？

我的女士们！先生们。

请你们定定神，想一想。

我国与我民，我们自有主张，

---

① 《新华日报》本"——"作"，"。

何劳你芳邻操心！

你们不来，

我们也可安心，

免得我们保长扫了地，

又忘了抹桌揩凳。

想我们彼此都是明白之人，

我们的目的都是为了民主，

但决不可放纵那些邱吉尔先生

所谓的娼妓和暴徒们。

如果你们要知道东方的情形，

别相信那些汤姆，逖克，哈莱，

他们走马看花，不懂半个中文 ①

马可孛罗之后，

算起来只有我×某本人，

所以请你们一读我的作品就行。

譬如苏东坡肉，道家，易经，

宇宙之大，苍蝇之微，

生活艺术，小老婆和平声仄声，

南北点心，古代相对妙论。

一编在手，无论小说还是散文，

愉快满意自可绝对保证。

---

① 《新华日报》本此处有句号。

各大书局，均有出售，

每册美金二元七角五分。

最后，关于那些骂我的人，

无非都是些左派仁兄，

拿了某方的津贴，

吹牛拍马，幽默丧尽……

晚安了，晚安了，

我的亲爱的读者们！

一九四五年六月十七日 ①

---

① 《新华日报》本此处无署时。

张三害霍乱 ①

张三害霍乱，

李四配古方，

王五送神水，

赵六说莫慌：

"这是吐泻症，

不值得紧张 ②"。

医院说不收 ③，

医生说太忙。

当夜张三死，

大家 ④ 不管事。

张三 ⑤ 怪李四，

李四怪王五，

王五怪赵六，

① 此诗初刊于《新华日报》，1945年7月9日，题作《张三害霍乱（儿歌）》，署名"劳泥"。三联本、人文本、诗选本删去此诗。

② 《新华日报》本"不值得紧张"作"不必大声张"。

③ 《新华日报》本"说不收"作"不肯收"。

④ 《新华日报》本"大家"作"谁也"。

⑤ 《新华日报》本"张三"作"老婆"。

赵六怪天气，

天气怪桃子，

桃子怪苍蝇，

苍蝇怪细菌，

细菌怪垃圾，

垃圾怪娘姨，

娘姨怪小姐，

哭诉好妈咪，（注）

妈咪训老爷，

老爷发脾气，

冲到衙门里，

马上写手谕，

手谕怪医官，

医官怪天气，

天气……①

①《新华日报》本以上十二行原作十行：
苍蝇怪垃圾，
垃圾怪娘姨，
娘姨怪小姐，
哭诉给妈米，
妈米训老爷，
老爷发脾气，
冲到衙门里，
马上下手谕，
手谕骂医官，
医官骂天气，

（注）"妈咪"是译音，洋语母亲作"妈咪"。①

一九四五年七月②

---

① 《新华日报》本此处为："（注）以下当然是'天气骂苍蝇'，继续循环，但为避免单调起见，每次循环可换一次动词，如'怪''问''骂'等。'妈米'是洋派有钱人家孩子称妈妈之谓。"。

② 《新华日报》本此处无署时。

"亲启"①

——报载："无密可陈，禁写亲启"。②——③

亲启复亲启，

亲启何其多？④

打开信来看，⑤

都是小事体。

既有秘书处，

何劳⑥我自己？

一封求差事⑦，

二封找职业，⑧

三封说⑨人情，

① 此诗初刊于《益世报》，1945 年 8 月 7 日，署名"酒泉"，又载于《世界晨报》，1946 年 1 月 17 日，署名"马凡陀"。

② 人文本"。"在引号内。

③《益世报》本副标题原作"报载：'禁写亲启，无密可陈。'"；《世界晨报》本、诗选本无前后破折号；三联本、人文本均删去后面的"——"。

④《世界晨报》本以上二行原作：

"亲启"复"亲启"，

"亲"得没道理！

⑤《益世报》本、《世界晨报》本此行原作"打开来看看，"。

⑥《益世报》本、《世界晨报》本"何劳"作"何必"。

⑦《益世报》本"差事"作"差使"。

⑧《世界晨报》本此行原作"二封续旧谊，"。

⑨《益世报》本"说"作"找"。

四封荐舍弟，

五封考学校①，

六封托缓颊，

七封卖字画，

八封为捐款②，

九封请题字，

十封搭飞机……③

一天几百件，④

都是这一些！⑤

多看眼睛酸，

多"亲"没滋味！⑥

本官公事忙，

清早⑦十时起，

会客听电话，

所余时无几，⑧

封封要我看，

①《益世报》本"考学校"作"□入学"；《世界晨报》本"考学校"作"找房子"。
②《益世报》本"为捐款"作"要捐钱"。
③《世界晨报》本以上五行原作：
六封寻生意，
七封卖书画，
八封请赐题，
④《世界晨报》本此行以下另为一节。
⑤《世界晨报》本此行原作"□于这一些，"。
⑥《益世报》本、《世界晨报》本"！"作"。"。
⑦《益世报》本"清早"作"朝晨"。
⑧《益世报》本、《世界晨报》本"，"作"。"。

未免不经济。①

这是我私章，②

关防和钤记，

这个交给他，

这个交给你，

中文你们覆③，

洋文归④曼丽。

除非机要密，

相应都不理。⑤

为国家节劳，

为民族省力。

照此原则做，

庶几无愧矣！⑥

一九四五年七月⑦

①《世界晨报》本此行原作"越看越惹气。"。

②《益世报》本以上三行原无。

③ 诗选本"覆"作"复"。

④《益世报》本"归"作"交"。

⑤《益世报》本此行原作"一概我不理，"。

⑥《益世报》本此行原作"切实要注意！"；《世界晨报》本自"这是我私章"至尾行十二行原作：
这是我关防，
那是我钤记，
那个交给他，
这个交给你，
相机写回信，
不妨多客气，
除非真特殊，
不用我加批。

⑦《世界晨报》本此处署时删去；三联本署作"1945 年 7 月"；人文本署作"1945 年 7 月。"。

副官自叹 ①

长官要请客，
　　副官办筵席；
长官治新装，
　　副官请裁缝；
长官要听戏，
　　副官去定座；
长官想进货，
　　副官去出面；
长官要吃糖，
　　副官跑内江（注）②；
长官牙齿痛，
　　副官请医生；
长官要结婚，
　　副官做媒人；
长官头上汗，
　　副官献手绢；

---

① 诗选本删去此诗。
② 三联本、人文本删"（注）"，增加尾注："地名，以产糖著名。"。

长官的少爷考中大 ①，

　　副官送考到沙坪坝；

长官的小姐学跳舞，

　　副官马上去买跳舞书；

长官的女仆要离婚，

　　副官扭她的老公上法庭；

长官肝火旺，

　　副官伤脑筋；

长官眉头皱，

　　副官心里翻跟斗；

长官嘻嘻哈，

　　副官哈哈嘻；

长官庆加官，

　　副官升长官；

自己用副官，

　　苦头才吃穿；

吃得苦中苦，

　　方为人上人！ ②

一九四五年七月 ③

（注）地名，以产糖著名。④

① 人文本增加尾注："伪中央大学，当时校址在重庆沙坪坝。"
② 三联本、人文本以上二行增加双引号。
③ 三联本署作"1945 年 7 月"；人文本署作"1945 年 7 月。"。
④ 三联本、人文本删去此注。

一个秘密 ①

这是一个秘密，
请勿告诉旁人，
哪怕是你老子，
哪怕是你爱人。

昨天有位先生，
在家招待客人。
不为女儿出嫁。
也非死了父亲。

客人可到得不少，
有瘦有肥有矮有高，
有的黑脸有的白脸，
有的年轻有的年老。

黑压压挤了一堆，

---

① 人文本、诗选本诗题增加注释："讽刺当时蒋匪帮布置的一些伪造民意的会议社团。"。

空气热烈紧张，

不过声音只有一个，

主人自己滔滔演讲。

前排坐的是大小花瓶，

后排坐的是长短木棍，

三排坐的是粗细皮鞭，

四排坐的是稻草之人。①

五排以下都是听众，

只生耳朵不生嘴巴，

天生双手只为鼓掌，

胸口挂有五彩奖章。

这是一个秘密，

其实大家知道，

睁开眼睛看看，

随时都可见到。

一九四五年七月 ②

---

① 三联本、人文本此行作 "四排坐的——稻草扎成。"。
② 三联本此处署作 "1945 年 7 月"；人文本署作 "1945 年 7 月。"。

希特勒躲在阿根廷山里 ①

希特勒躲在阿根廷山里，

正在再版他的贝兹伽登，

他想把纳粹主义再版，

把集中营，毒气室，烧人炉子再版，

把统治思想，政治警察，世界大战……

——再版过来，

做成：

海外版，

航空版，

殖民地版，②

潜艇版，

缩影版，

改头换面版，

适合国情版……

---

① 此诗初刊于《新华日报》，1945 年 7 月 26 日，署名"劳泥"。三联本、人文本、诗选本删去此诗。
②《新华日报》本以上二行合作一行。

"希特勒！"

全世界爱自由的人民说：

"如果你要把法西斯主义

修改修改再版；

那么不管你搬家到那儿，

海角——或是天涯，

不管你那代理人是谁。①

我们要打烂你的印刷机关！

熔掉你的铅字！

劈掉你的招牌！

让你成为孤本，绝版，

给法西斯那遗老遗少们

去带进他们的棺材！"

一九四五年七月 ②

---

① 《新华日报》本"。"作"，"。
② 《新华日报》本此处无署时。

三万万美金的神话 ①

诸位想来都听到过唐僧取经，
路上的磨难可真是一言难尽！
妖魔鬼怪都想吃唐僧的肉，
可是到头来谁也没有吃成。

现在我讲的故事虽然大不相同，
可是我们的主角却也运道亨通，
七十二道难关，关关平安通过，
到今天他还是半根毫毛未动。

开头有人拆穿他姓甚名谁，
跟着有人说他家财万万，
后来有家报纸发起签名运动，
好多人主张立刻把他没收充公。

有人说把他来交换几万辆坦克，

① 此诗初刊于《新华日报》，1945 年 8 月 26 日，署名"路漫"。诗选本删去此诗。

有人说把他来平定物价硬是要得，

有人说干脆把他杀了来吃，

好大一块肥肉正好改善士兵伙食。

大大到政府里大官，小小到茶馆里小民，

都主张赶快调回这三万万美金，

可是废话说了不下七石八担，

结果发现你我都白白操心。

原来这位出洋挨冻① 的先生，

验明正身，竟然并非"私人"。

到底他是哪位夫人，② 小姐所生，

好像大家都慷慨得不肯承认。

但听楼梯响不见人下楼——

活见鬼！根本连楼梯也没有！

此之谓有等于无，黑等于白，

不打等于打，坐着就是走！

如今的事情真是变化莫测，

空头支票，七折八扣……

① 三联本、人文本增加注释："指美金被冻结。"。

② 三联本、人文本","作"、"。

忽的靴统里抽出尖刀一把，

一面嘴巴里喊着政治解决！①

一九四五年八月九日②

---

① 三联本此处增加注释："指当时反动政府虚伪宣传'政治解决'实际上进攻解放区。"；人文本注释为："指当时反动政府虚伪宣传'政治解决'，实际上进攻解放区，说'不打'内战，实际要'打'内战。"。

② 《新华日报》本此处无署时；三联本此处署作"1945年8月9日"；人文本署作"1945年8月9日。"。

马将 ①

劈劈拍拍，

吃吃碰碰，

西风发财，

白板红中，

赌的赌，看的看，

做梦的做梦，

这就叫做 Majong！

白天赌到黑夜，

黑夜赌到天亮。

马马虎虎！

不要赌，不要赌！

"是谁供给了赌具？"（注）

就是他，抽头的家伙！

（注）这一行是《新民报》张恨水短评之题目。

---

① 三联本、人文本、诗选本删去此诗。

抗战八年^① 胜利到^②

（王大娘补缸调）^③

抗战八年胜利到，

敲起锣鼓放鞭炮。

男女老少满街跑，

家家户户齐欢笑。

我买花生你打酒，

邀请乡邻好朋友。

我们开个庆祝会，

龙门阵来摆一摆。

民国廿年"九一八"，

东北人民做牛马。

---

① 今说"十四年抗战"，后同。

② 此诗初刊于《新华日报》，1945 年 8 月 20 日，署名"杰泥"，又经庄严（徐迟）谱曲，载于《文萃》第 42 期，1946 年 8 月 8 日，此歌又载于《大众呼声》第 2 期，1948 年，署名"杰泥"。三联本增加尾注："此词与徐迟合作"。人文本、诗选本删去此诗。

③ 三联本此处作"——王大娘补缸调——"。

"七七"抗战卢沟桥
全国兴奋士气高。

我们出力又出钱，
汪精卫南京当汉奸。
我们越打越有劲，
为了胜利把命拼。

德意轴心胆包天，
打了欧洲打苏联。
红军个个是英雄，
同盟大军把柏林攻。

纳粹德国先垮台，
巨头会议柏林开。
海军陆军又空军，
商量大计打东京。

广岛吃了原子弹，
苏联对日又宣战。
七路红军滚滚来，
昭和天皇吓破胆。

马上跪地来求饶，
只有投降路一条。
铲除军阀又财阀，
法西斯蒂连根拔。

人民法庭审汉奸，
丧天害理多少件。
大小傀儡都要罚，
卖国汉奸一齐杀。

抗战谁是第一功？
武装同志真英雄。
抗战谁是第二功？
我们四万万民众。

同胞弟兄死得惨，
为了民主也心甘。
头颅热血不白抛，
他们的心愿要记牢。

千辛万苦都吃尽，
丰衣足食享太平。
民主团结不容缓，

民族民权又民生。①

（注）此词与徐迟合作。②

---

① 三联本以上一节四行删去。
② 三联本此处注解删去。

大人物狂欢曲 ①

曼丽，曼丽，我的爱，
今天我们多么愉快！
抗战胜利果然已经来到，
祝福你呀，曼丽！曼丽宝贝！

　　让我们欢呼，跳舞，
　　让我们痛饮三杯！

想当年我们在 K 城相会，
那时候我还是一个穷光之蛋 ②，
蒙你曼丽青睐，蒙你曼丽栽培，
上帝保佑，居然让我发了大财。

　　让我们欢呼跳舞，
　　一路跳到南京，上海！

---

　　① 此诗初刊于重庆《新民报晚刊》，1945 年 9 月 1 日，署名"马凡陀"。三联本、人文本、诗选本有插页漫画。
　　② 人文本、诗选本"穷光之蛋"作"穷光蛋"。

啊，哈！今天我们得胜回乡，
你看我胸前多少金银奖章？
行李箱笼只愁卡车不够装，
但是，你是我的宝贝，驾乎一切之上！

　　让我们欢呼，跳舞，
　　用 ① 出作战似的勇气来！

想到那些为抗战而牺牲者，
不觉使人悲从中来，
不过我们活着的总算苦尽甘来，
让我们舒舒服服享受一番。

　　让我们快快去定船票，
　　顺流而下，好不逍遥自在！

曼丽，曼丽，我的爱，
我们是抗战的急先锋，
我们是建国的真英雄，
啊呦呦，真正伟大煞哉！

---

① 人文本、诗选本"用"作"拿"。

来来来，跳他一个通宵，
跳他一个达旦！

分什么真与假？分什么此与彼？
让我们疯狂地乐一乐吧！
谁说我们是疯子，
谁就自己在发呆！

哈哈哈，好花不常开……
来来来，再来三杯！

一九四五年八月十四日 ①

---

① 三联本署作"1945 年 8 月 14 日"；人文本署作"1945 年 8 月 14 日。"。

洋孀孤哭七七 ①

日前报载老咪先生文，谓某孤立派夫人被查斯拉夫斯基称为"戈培尔博士的政治上的寂寞的孤孀"。兹特从美国电传写真洋文原作，恭译《哭七七》一首，以飨读者：

头七到来哭哀哀，

手拿喇叭双泪垂，

风吹喇叭嗡嗡响，

好像我郎活转来！

二七到来思前欢，

思前想后心头酸，

不信我郎寻短见，

好像我郎又宣传？

三七到来去欧洲

（此处电传真模糊脱漏）

---

① 此诗初刊于重庆《新民报晚刊》，1945 年 9 月 5 日，署名"马凡陀"。三联本、人文本、诗选本删去此诗。

....

一路哭来一路行，
阿有啥人做媒人？
做好媒人就有媒酒吃，
蜜月旅行阿根廷。

一九四五年九月

下江人歌 ①

（仿贺绿汀作《游击队歌》，即《我们都
是神枪手》。原歌注明 C 调跳跃进行）。

我们都是重庆客，

每一个都从脚底下来此地。

我们都是下江人，

那怕那天热水又停！

在那黄泥巴水里，

我们来洗脸又洗澡又喝玻璃。（注）

在那高高的山坡上，

我们爬上爬下不喘气。

没有米，没有煤，

自有那黑市可以买；

没有电，没有水，

硬是不肯皱眉！

---

① 此诗初刊于重庆《新民报晚刊》，1945 年 9 月 8 日，署名"马凡陀"。三联本、人文本、诗选本
删去此诗。

我们生活在这里，

每一寸土地都不是我们自己的。

无论你是多么好，

我们要回到家乡去!

一九四五年九月八日

（注）四川茶馆称白开水为玻璃。

送"审"①

拟记者作家握别检查当局歌②

再会吧！再会吧！

让我们说一声"各自珍重"，

然后再各奔前程。

我去的是一个山明水秀的地方，

你再去找一个你的地方吧！

我们已经厮守得很久，

我们已经厮守得太久！

你关心我，体贴周到，

你陪伴我，寸步不离。

但现在，是我们分手的时候了！

你不让我要哭就哭，

你不让我要笑就笑；

---

① 此诗初刊于重庆《新民报晚刊》，1945 年 10 月 1 日，署名"马凡陀"。三联本、诗选本删去此诗。

② 人文本此处作"拟记者作家握别图书、新闻检查当局歌"，并增加注释："指当时国民党反动派虚伪地宣布取消图书、新闻检查制度。"

你不让我高声说话，
你不让我低声谈心……
但现在，这些都不劳你操心了！

你听那码头上汽笛已响，
再会吧！我们分手的时候已到！
你往这边走，我往那边跑。
我带的依旧是我的毛笔，
你带的是否还是那把剪刀？

一九四五年，九月末 ①

致鲁斯先生 ①

鲁斯先生，鲁斯先生，
您话中国人民
真可以说是久仰得很！

您知道中国很多，
正像我们也知道美国很多，
我们彼此都瞒不过。

我们有许多话想说，
可是您是三大杂志的发行人，
好像天下的话都已经给您说尽！

啊呦，鲁斯先生，
这才叫做冤枉！
（不知道这两字英文怎样讲）？

一九四五年十月八日

---

① 三联本、人文本、诗选本删去此诗。

我讨厌这张报 ①

我讨厌这张报，

一副十足的伪善样子，

开口"本报，本报"，

闭口"老百姓，老百姓"，

自以为老牌民意代表。

大大的捧，

轻轻的评，

骂是俏，

打是情，

字字良心，②

句句美金。

忽然，

一马当先，

---

① 诗选本删去此诗。人文本增加尾注："当时日本已经投降，政协尚未开始，《大公报》一反原来半吞半吐态度，刊登了一篇叫嚣要'断然处置'，要'剿匪'的社论。"。

② 人文本"良心"增加引号。

挺身而出，

"土匪！土匪！"

"就应该有保卫人民生活安定的办法"。①"剿！剿！剿！"

"本报"呀，"本报"！

你的老百姓那②里去了？

难道都成"土匪"了？

难道你自己也变成了

剿匪代表？

　　　　一九四五年十月二十五日 ③ 读了一篇社评后 ④

---

① 三联本、人文本句号在引号内。

② 人文本"那"作"哪"。

③ 三联本、人文本"一九四五年十月二十五日"作"1945 年 10 月 25 日"。

④ 人文本增加"。"。

推盘受盘①

② 法西斯德国垮台，

希特勒宣告破产。

一屁股债务未了，

债权人要他偿还。

"血债欠了千千万，

叫我怎样能偿还？

除非发财大老板，

肯来顶我的遗产"。③

"你的工厂和财产，

全是你搜刮得来。

把这些还给人民，

难道还不应该"？④

---

① 此诗初刊于《新华日报》，1945 年 11 月 25 日 4 版，署名"劳泥"。诗选本删去此诗。

② 人文本诗前增加小序："据 1945 年 11 月 20 日合众社消息，有一个孤立派份子声言想做'主宰欧洲的建设和亚洲的发展'的'战胜者'，故要继续打伐云。"。

③《新华日报》本、人文本句号置于引号内。

④《新华日报》本、人文本问号置于引号内。

"那么我有件①宝贝。

我担保有人喜欢。

我的帝国主义梦，

谁要就出顶给谁。

"武力使各国就范。

世界该让我安排。

奴隶们不许翻身。

翻身是民主罪犯！

"这是我生平志愿，

现在我招顶出卖，②

如果这梦想实现，

全世界叫你老板！

"若问我代价多少，

请把我结局参考。

东西的确呱呱叫，

识货哪怕代价高"。③

---

① 《新华日报》本"件"作"种"。

② 《新华日报》本","作"。"。

③ 《新华日报》本、人文本句号置于引号内。

"我愿意顶你遗产。

我不管代价多少贵。

你不成功我再来，

欧亚二洲当主宰！

"我是著名孤立派！

我是英雄兼好汉！

谁不听我就是错，

真理哪能胜强权！"

（注）① 据十一月二十日合众社消息，有一个孤立派份子声言想做"主宰欧洲的建设和亚洲的发展"的"战胜者"，故要继续打仗云。②

一九四五年十一月二十日 ③

---

① 三联本删去"（注）"。

② 人文本此处注解删去。

③《新华日报》本此处无署时；三联本此处署作"1945 年 11 月 20 日"；人文本署作"1945 年 11 月 20 日."。

回乡的轮船 ①

一条一条的轮船
开下去了，回乡去了！
它们的名字里
都有一个"民"字。

"民联"哩！
"民族"哩！
"民权"哩！
"民本"哩！ ②

每一次我以羡慕的眼光，
望着你们开下去，
每一次我以感激的心情，

---

① 此诗初刊于重庆《新民报晚刊》，1945 年 11 月 3 日，又题作《回乡的"民"轮》，载于《神州日报》，
1945 年 11 月 26 日，均署名"马凡陀"。《神州日报》本全诗不分段。三联本、人文本、诗选本删去此诗。
② 《神州日报》本此段四行作：
"民联"！
"民族"！
"民权"！
"民本"！

看着你们开下去。

我是百姓，我是"民"，
我高兴我的名字
已经回去了，回乡了！
我感激你们的命名人！

一九四五年十一月

上峰颂 ①

上峰呀，上峰！

喜马拉雅山似的高峰！

上使呀，上使！

主宰万物的天使！

你是多么的伟大！

我是多么的渺小！

你是多么的高尚！

我是多么的卑下！

你的说话和圣旨一样，

我的叹息连放屁都比不上；

你的胸膛摆得下一桌麻将，

我的背脊柔软得像牛皮糖。

你是靴，

---

① 此诗初刊于《神州日报》，1945 年 11 月 25 日，署名"卑职"。人文本、诗选本删去此诗。

我是虫；

你是马，

我是拍。

我是贼，

你是法；

我是尸首，

你是勋章。

你是皮鞭，

我是皮鞭的对象；

你是绳圈，

我是绳圈 ① 的颈项。②

你是大粪，

我是忍受大粪的毛坑；

钧座呀！钧座！

这就是我俩的秩序呀！

真理和正义都属于你，

好像妓女只认得钱包；

① 《神州日报》本"绳圈"作"绳圈里"。
② 《神州日报》本以上两段八行合作一段。

错误和罪孽都属于我，
捉蚤子只有到穷人身上去找。

长官，经理，老板，爸爸，
这些都是同义词呀！
下属，职员，茶房，孙子，
他们的脸孔也都一样！

你是权力，你是沙皇！
你是大权力，你是大沙皇！
但愿你永不碰到更大的权力！
但愿沙皇之上再无沙皇！

一九四五年十一月 ①

---

① 《神州日报》本此处无署时；三联本此处署作"1945 年 11 月"。

丈夫去当兵 ①

丈夫去当兵，
老婆叫一声：②
毛儿的爹你等等我，
为妻的向你问一声：

你去投军打啥人？
抗战胜利好光荣，
男儿应该为国死，
怎么能打自己人？

丈夫去打仗，
女子③要打听：
你在外边打什么？

① 此诗初刊于《世界晨报》，1946年4月19日，原题作《新"丈夫去当兵"》，又载重庆《新民报晚刊》，1946年4月25日，原题作《新"丈夫去当兵"》，又载于《民主文艺》创刊号，1946年9月1日，原题《新"丈夫去当兵"》，又载于《杭青一周》第8期，1946年11月30日，均署名"马凡陀"。三联本、人文本、诗选本删去此诗。
② 《世界晨报》本、《民主文艺》本、《杭青一周》本"："作"，"。
③ 《世界晨报》本、《民主文艺》本、《杭青一周》本"女子"作"妻子"。

我在家中真担心！

可惜我非男子汉，
不能随你看分明。①
要是你去打内战，
一方之中传恶名。②

谁不痛骂你？
去打中国人！
到了前方看一看，
大家都是老百姓！ ③

纵然死在沙场上，
为妻的替你羞死人。
孩子们长大来问我，
我说你爹爹害神经病④！

你去打内战，

---

①《世界晨报》本、《民主文艺》本、《杭青一周》本"。"作"，"。
②《世界晨报》本、《民主文艺》本、《杭青一周》本"。"作"！"。
③《世界晨报》本、《民主文艺》本、《杭青一周》本"！"作"。"。
④《杭青一周》本"神经病"作"神经"。

我跟你离婚！①

鹬蚌相争渔翁得利，

做了奴隶难翻身！②

百姓个个爱和平③

民主建国顺民心④。

只有那些没心肝，

才叫别人去拼命！⑤

丈夫去当兵，

老婆叫一声。⑥

毛儿的爹你不能去，

为妻的苦口劝一声！⑦

盼你平安在家中！

---

① 《世界晨报》本以上二行原作：
为打内战死，
千古留恶名。
《民主文艺》本、《杭青一周》本以上二行作：
为打内战死，
千年留恶名。
② 《民主文艺》本、《杭青一周》本"！"作"。"。
③ 《世界晨报》本、《民主文艺》本、《杭青一周》本"爱和平"作"知爱国"。
④ 《世界晨报》本、《民主文艺》本、《杭青一周》本"顺民心"作"要和平"。
⑤ 《世界晨报》本、《民主文艺》本、《杭青一周》本"！"作"。"。
⑥ 《民主文艺》本、《杭青一周》本"。"作"，"。
⑦ 《世界晨报》本、《民主文艺》本、《杭青一周》本此行原作"为妻的苦口又婆心。"。

盼你快把地来耕！

你若不去打内战，^①

全国快乐享太平！

（注）《丈夫去当兵》是故音乐家张曙的名曲，原词为老舍先生所作，兹擅改如上。^②

---

① 《民主文艺》本、《杭青一周》本"，"作"！"。

② 《世界晨报》本、《民主文艺》本此处原为："（注）原词老舍作，张曙作曲，这是一 PARODY。"；《杭青一周》本诗后删除注解。

中国皮鞋致古巴皮鞋 ①

欢迎你们，古巴皮鞋，

我们的亲爱的表兄弟！

你们大概累了吧？

老远从南美来到这里！

也许你们的脸皮已经磨去不少，

啊，那真是对不起！

说起你们的皮，

不禁使我们想起，

也许是橡皮做的吧！②

我们的主人也有橡树在古巴，

也许正是用的这些，

那倒有趣，真有趣！

---

① 此诗初刊于《新华日报》，1945 年 12 月 10 日，署名"L.N"。诗选本删去此诗。三联本增加尾注："这首诗因某要人在古巴定购皮鞋而作"；人文本增加尾注："这首诗因当时反动头子宋子文在古巴定购皮鞋装备蒋贼军队而作。据说宋等在南美购有橡树园。"

② 《新华日报》本"！"作"？"。

中国是一个多灾多难的国家，

特别多的是战争和烂污泥，

想你们走惯了光滑的马路，

会走不惯这里的艰险道路吧？

为了美金也许不嫌弃，

可是叫我们怎么过意得去？

说也惭愧，我们的工业，

正在"请愿"，你们懂不懂呢？

"请愿"就是喊救命，

忙着喊就没工夫制造哩！

因此只得请你们，古巴兄弟，

到这里来代替。

一百万双，

你们的数目可不算小哩^①！

如果把这笔定货

照顾了我们自己，

恐怕要累得我们的工人，

上气不接下气。

---

① 《新华日报》本"哩"作"啊"。

现在，大家方便

借重了你们的机器，

敦睦了两国的邦交，

全靠你们啊，古巴兄弟！

至于其中还有些别的好处，

那还是小事体，小事体……

一百万双军鞋，

穿在我们兵士的脚上，

打起仗来也要勇敢些。

日本刀，美国枪，古巴皮鞋，

这也是三位一体？

我们几乎忘了这块中国脸皮！

（注）这首诗因某要人在古巴定购皮鞋而作。①

---

① 《新华日报》本、三联本、人文本删去此注解；人文本诗末署有"1945年。"。

民主和原子弹 ①

丘吉尔先生对科学家说道：②

"原子弹的秘密要好好保牢，

就像尼姑要保牢她们的贞操。

你们胆敢泄露，嘿！法网难逃！"

科学家回说："那末倒要请教，

你是想把原子弹当做法宝？

叫全世界的人向你讨饶？

丘先生，这难道就是民主之道？"

丘吉尔丢下雪茄，双脚直跳！

---

① 此诗初刊于《文萃》第 8 期，1945 年 11 月 27 日，署名"袁水拍"，又与《主人要辞职》《剧运的厄运》合编为《马凡陀山歌选》，载于《北方杂志》第 2 卷第 1、2 期，1947 年 3 月 1 日，署名"马凡陀"。组诗前有杂志编者按："马凡陀即名诗人袁水拍先生，近年来由于大后方民主运动广泛的开展，由于时代迫切的要求，也由于诗人本身献身的情怀，自一九四四年起，他就不再唱他过去只能为少数人所能听得懂的歌，而致力于'山歌'的写作了。他的'山歌'，不仅得到进步份子的赞赏，而且为广大市民所欢迎。这里只刊载了三首，可能的话，以后当继续介绍。"诗选本删去此诗。

② 三联本此处增加注释："丘吉尔于 11 月 7 日在下院称：'最近英美科学家表示若不以原子弹秘密公诸于世，则他们将对外泄露。此事而属实，则应严厉绳之以法。'"；人文本注释："丘吉尔在 1945 年 11 月 7 日在下院称：'最近英美科学家表示若不以原子弹秘密公诸于世，则他们将对外泄露。此事果而属实，则应严厉绳之以法。'末行中的'宪章'指联合国宪章。"

"民主不是娼妓，你敢胡说八道！

大家都谈民主，那还得了？

有了原子弹，民主才能确保！"

科学家听了不觉哈哈大笑。

"丘先生，你不必急得火星直冒，

你的一肚子委屈我都懂了，

民主就是原子弹，宪章等于撒泡尿！"

一九四五年十一月九日 ①

（注）丘吉尔于十一月七日在下院称："最近英美科学家表示若不以原子弹秘密公诸于世，则他们将对外泄露。此事果而属实，则应严厉绳之以法。" ②

---

①《文萃》本原署作"一九四五，十一，九。"；三联本署作"1945 年 11 月 9 日"；人文本署作"1945 年 11 月 9 日。"。

②《北方杂志》本、三联本、人文本删去此注。

主人要辞职 ①

我亲爱的公仆大人！
蒙你赐我主人翁的名称，
我感到了极大的惶恐，
同时也觉得你在寻开心！

明明你是高高在上的大人，
明明我是低低在下的百姓。
你发命令，我来拼命。
倒说你是公仆，我是主人？

我住马棚，你住厅堂，
我吃骨头，你吃蹄膀。
弄得不好，大人肝火旺，
把我出气，遍体鳞伤！

---

① 此诗初刊于《世界晨报》，1946 年 1 月 13 日，又与《民主和原子弹》《剧运的厄运》合题为《马凡陀山歌选》载于《北方杂志》第 2 卷第 1、2 期，1947 年 3 月 1 日，署名"马凡陀"。三联本、人文本、诗选本均有丁聪的插页漫画。

大人自称公仆实在冤枉，
把我叫做主人更不敢当。
你的名字应该修改修改，
我也不愿再干这一行。

我想辞职，你看怎样？
主人翁的台衔原封奉上。
我情愿名符其实地做驴子，
动物学上的驴子，倒也堂皇！

我给你骑，理所应当；
我给你踢，理所应当；
我给你打，理所应当。①
不声不响，驴子之相！

我亲爱的骑师大人！
请骑吧！请不必作势装腔！
贱驴的脑筋简单异常，
你的缰绳，我的方向！

但愿你不要打得我太伤，

①《世界晨报》本"。"作"；"。

好让我的服务岁月久长，

标语口号，概请节省，

驴主，驴主，何必再唱！ ①

一九四五年十一月十二日 ②

---

① 三联本、人文本、诗选本以上二节八行删改作一节四行：
我亲爱的骑师大人！
请骑吧！请不必作势装腔！
标语口号，概请节省，
民主，民主，何必再唱！
②《世界晨报》本此处原无署时；三联本署作"1945 年 11 月 12 日"；人文本署作"1945 年 11 月 12 日。"。

吹笛猎人 ①

听说古时候有一位聪明的猎人，
他力气不大，可有一套看家本领。
仙人送给他一枝千奇百怪的笛子，
他能够吹出各种野兽的声音。

他用这枝笛子吹出母鹿的鸣声，
四处的公鹿听到就走出了丛林。
猎人早已安排好灵巧的机关，
痴呆的公鹿就掉进了陷阱。

可是有一回当他吹笛的时候，
饿肚子的豺狼真以为母鹿在叫。
十来只豺狼一下子都冲到，
把我们的聪明的猎人吓了一跳。

可是他不慌不忙，他真有办法！

① 此诗初刊于《文萃》第 7 期，1945 年 11 月 20 日，原题作《吹笛的猎人（童话）》，署名"袁水拍"。三联本、人文本、诗选本删去此诗。

他拿起那宝贝笛子一阵子大吹。

这回吹的是金钱豹的叫喊，

吓得十来只豺狼搭讪着走开。

那晓得豹子叫又给老虎听到。

他还没有吃点心，不免走出来瞧瞧。

猎人一看见，知道大事不好了，

急急忙忙吹出狮子的声调。

却不料好容易刚刚把老虎吓退，

又来了一个比狮子还凶的恶鬼。

聪明的猎人这下子可真急坏，

那怕再巧的笛子也吹不出别的花样来。

可笑他枉有一个聪明的脑蛋，

不消三分钟就装进了恶鬼的肠胃。

单单留下了那枝聪明的笛子，

听说今天还有人把它当做宝贝。

一九四五年十一月十四日 ①

---

① 《文萃》本此处原署："一九四五，十一月，十四日。"。

大皮鞋 ①

昨天走过都邮街（注）②，

看见一双大皮鞋。

擦鞋小孩坐台阶，

手拿布片两边扯。

皮鞋，皮鞋，你是谁？

瞧你样儿挺气派！

布鞋，草鞋，赤脚汉 ③

看见你来都走开。

走在路上劈拍响，

骑在马上烁烁亮，

笔挺的靴统三尺长，

---

① 此诗初刊于《中原·希望·文艺杂志·文哨联合特刊》第一卷第二期，1946 年 1 月 20 日，署名 "袁水拍"。

②《联合特刊》本原无此注；三联本、人文本 "（注）" 删除，增加注释："重庆最热闹的一条大街。"；诗选本注释修订为："重庆最热闹的一条大街。'大皮鞋'指反动派军队。"。

③《联合特刊》本 "赤脚汉" 作 "赤脚薄"，疑印刷错误。

尖利的马刺插后方①。

没沾点儿泥，没沾点儿浆，

摇儿摆儿马路上。

进过多少脂粉地？

出过多少生意场？

稍息，立正，向后转；

一个虎跳到北方：

"我打胜仗你投降，

你的高粱我的仓！"②

一九四五年十二月九日③

（注）重庆最热闹的一条大街。④

---

① 三联本、人文本增加注释："影射当时蒋匪帮压迫人民。末一节指匪帮用飞机运军队去'接收'。"；诗选本注释改为："影射当时蒋匪帮屯兵后方准备大规模地发动内战。末一节指匪帮用飞机运军队去'接收'。"。

②《联合特刊》本以上二行无双引号。

③《联合特刊》本此处原无署时；三联本署作"1945年12月9日"；人文本署作"1945年12月9日。"。

④ 三联本、人文本删去此注。

一只猫 ①

军阀时代水龙刀，②

还政于民 ③ 枪连炮。

镇压学生毒辣狠，

看见洋人一只猫：④

妙呜妙呜，要要要！ ⑤

一九四五年十二月九日 ⑥

---

① 此诗初刊于《新华日报》，1945 年 12 月 18 日，署名"L.N"，又经沈思岩谱曲，载于《大众呼声》第 3 期，1948 年 9 月，署名"马凡陀"。

② 人文本、诗选本此行作"军阀时代：水龙、刀，"。

③ 人文本、诗选本此处有"："。

④《大众呼声》本"："作","。

⑤《大众呼声》本此行作"妙呜！妙呜！要，要，要。"；三联本增加注释："这首诗指蒋匪帮一面高唱'还政于民'，一面公开用武装镇压学生运动。末一行指匪帮老向美帝乞怜，伸手要钱。"；人文本、诗选本增加注释："这首诗指蒋贼一面高唱'还政于民'，一面公开以武力镇压学生运动。末一行指匪帮不断地向美帝乞怜，伸手要钱。"。

⑥《大众呼声》本无署时；三联本署作"1945 年 12 月 9 日"；人文本署作"1945 年 12 月 9 日。"。

英雄颂 ①

啊！你伟大的鲁斯先生！

你是三大杂志的发行人（注），

你是美国的出名的大亨，

大亨的意思就是英雄。

啊！我们表示欢迎，非常欢迎！

听说你怪我们招待美军。

用的伙食在各战场中最最不行，

啊呦，啊呦，这真是抱歉万分！

那么我们此番欢迎你先生，

一定用最名贵的板鸭，鱼翅，海参。

听说你发表的谈话好得很，

真不愧为我们的亲爱的友人！

你说得对，你说得真中听！

祝你的发行增加一万万份！

---

① 此诗初刊于重庆《新民报晚刊》，1945年10月26日，原题作《小诗——一名"英雄颂"》，署名"马凡陀"。三联本、人文本、诗选本删去此诗。

唉！嘿！哈！唉！呃！嗯！

一九四五年十二月十六日

（注）鲁斯是美国《生活》,《时代》,《幸福》三大杂志的发行人。

听啊！特使唱高声（圣诞颂诗）①

（Hark! The herald angels sing）②

听啊！特使唱高声，

报知平和③今降生！

兄弟从此长融洽，

善后救济披④万生。

起啊，中国众生灵，

响应全国和平声；

加入民主大家庭，

团结生于重庆城！

和平，诸国同颂扬，

胜利系与同盟邦。

自由群心来归依，

---

① 此诗初刊于《田家半月报》第十二卷第十三、十四期合刊，1946年2月1日，原题作《听啊！特使唱高声》，无署名。《田家半月报》本全诗不分节。三联本、人文本、诗选本删去此诗。

② 《田家半月报》本无此副标题。

③ 《田家半月报》本"平和"作"和平"。

④ 《田家半月报》本"披"作"彼"。

民主恩光万众望!

真理披上血肉体,

正义化身降尘世,

甘与凡夫同起居,

大哉民主真道理!

欢迎, 福音来西方! ①

欢迎, 四大自由光!

他赐世人新生命! ②

他消痛苦, 治创伤!

舍弃一切旧思想,

共同奋斗灭死亡,

消灭死亡得再生,

中国宏福万古长!

(阿门)。③

一九四五年十二月二十五日 ④

---

① 《田家半月报》本"!"作","。
② 《田家半月报》本"!"作"?"。
③ 《田家半月报》本此行原无。
④ 《田家半月报》本此处无署时。

圣诞节致马歇尔将军诗 ①

荣誉的将军，

请恕我冒渎的罪名，

我直率地献上我粗俗的诗，

我是一个中国的滑稽诗人 ②。

按照这里 ③ 的习惯，

人们来往必须分个尊卑，

可是美国是人人平等的国度，

这样放肆谅不见怪？

何况今天中国的情形，

和美国的关系如此之深，④

那怕穷乡僻壤三家村，

一个不见世面的农民，

---

① 此诗初刊于重庆《新民报晚刊》，1945 年 12 月 26 日，署名"马凡陀"，又载于《文汇报》，1946 年 1 月 1 日，题作《元旦致马歇尔将军》，署名"酒泉"。三联本、人文本、诗选本删去此诗。

② 《文汇报》本"滑稽诗人"作"村野诗人"。

③ 《文汇报》本"这里"作"中国"。

④ 《文汇报》本"，"作"！"。

他的吃喝，他的命运，
直接间接 ① 和你们有份。
如果能够，他们也有声音，
想说给你们听听。

我和他们来自一个娘胎，
对于打仗，我们都不喜欢，
打死了爸妈，打死了姊妹 ②，
只看见带兵的升官发财！

为抗战，为民生，
我们牺牲，心甘情愿；
打内战 ③，杀同胞，
试问谁有这 ④ 心肝！

抗战胜利多谢你们帮忙！
四大自由就是我们的希望。
宁做太平狗 ⑤ 莫作乱世人，

————————

① 《文汇报》本"直接间接"作"间接直接"。
② 《文汇报》本"姊妹"作"姐妹"。
③ 《文汇报》本"内战"作"自己"。
④ 《文汇报》本"这"作"这个"。
⑤ 《文汇报》本此处有","。

总得让我们做一条太平的狗吧！ ①

春天我们车水插秧，

夏天我们天不亮起床，

秋天我们割稻，粒粒金黄，

冬天我们杀猪宰羊……②

马歇尔将军，

这就是我们的起码的理想。

如果你走进这样一个中国乡村，

我想你将是一位高兴的客人。

这里是橙黄翠绿的乡间，

这里是油菜，蚕豆，水稻田，

这里我们打泥墙，造学校，

这里的青山绿水像明信片！

这里难道是来福枪的靶场？

这里难道是飞机轰炸③的对象？

---

① 《文汇报》本"！"作"？"。

② 《文汇报》本此处有"。"。

③ 《文汇报》本"轰炸"作"扫射"。

这里难道是种植仇恨的土壤，①
这里的人怕听枪声炮响！

当你走过静安寺路，南京路，
你看见装饰圣诞树的橱窗。
当你飞到南京，飞到重庆，
你也看见圣诞老人，白发红装。

这时候华北的冰雪的小乡村里，
美国孩子也在围炉笑语，
他们唱着歌，离家万里，
他们的亲人也正在想念呢！

这是全世界和平快乐的节日，
你刚好在这时候来到中国，
愿那鹿车中笑脸的老人，
带给我们一份和平自由的礼物！

一九四五年十二月二十五日 ②

①《文汇报》本"，"作"？"。
②《文汇报》本此处无署时。

一九四六年 ①

---

① 三联本此处"一九四六年"为横排；人文本无。

一千呎下就是上海 ①

慢慢的下降，
慢慢的放平，
耳朵发着痛，
眼睛贪看窗外的夜景。

静静的一片黑夜，
静静的万盏明灯，
像七月河里的荷花灯，
这样灿烂！是什么好节日啊？ ②

好像人类不愿天黑，
好像人类要显示他们的本领，
他们把所有的火都点起，
要把这片土地装饰得美丽。

一千呎下就是上海！
我们已经久违！

① 此诗初刊于《世界晨报》，1946 年 1 月 9 日，又载重庆《新民报晚刊》，1946 年 1 月 14 日，均署名"马凡陀"。三联本、人文本、诗选本删去此诗。
②《世界晨报》本"？"作"！"。

黑色的房屋，整齐的图案，
蠕动的甲虫，人们驶着车。

我只看见美，
我只看见灿烂，
我看不见别的一切，
我看不见物价的低贵。

也许这整齐的图案里，
正发生一场劫案，
也许冻毙的尸体倒在路畔，
也许灵魂正在这灿烂里买卖。

慢慢的下降，
慢慢的放平，
慢慢的绕行，
飞翔的蛾子要向你投身。

如果这一幅图案，
让智慧的手来重排，
错误和罪孽永不再犯。
上海啊！你将是何等的美！

一九四六年一月九日 ①

---

① 《世界晨报》本无署时。

上海的感觉 ①

人变成了狼。

狼要找洞，人要找房 ②。

一座黑森林，上海的弄堂。

狼在森林里奔忙。

人变得野蛮，力气大。

人在车站上推，拖，拉。

挤呀！挤呼 ③！挤呀！

顾全了我，顾不了你和他！

昨天这个价，

今天变了卦，

弄得几百万人神经紧张，

弄得几百万人两脚发麻。

---

① 此诗初刊于重庆《新民报晚刊》，1946 年 1 月 25 日，又载于《世界晨报》，1946 年 2 月 6 日，均署名"马凡陀"。

②《世界晨报》本"找房"作"栈房"。

③ 其他诸本"挤呼"均作"挤呀"，生活本此处疑印刷错误。

丰富，贫困，

豪宴，饥饿。

暖洋洋的房间里吃冰淇淋，

大饭店的门口车夫啃大饼。

有的变成了仙人，

有的变成了仙人似的恶霸。①

有的变成了蚂蚁。

不过，这种蚂蚁②还得检查检查。

一九四六年一月③

---

① 《世界晨报》本此行原作"变成了仙人似的恶霸；"。

② 三联本、人文本此处有"的头脑"。

③ 《世界晨报》本无署时；三联本此处署作"1946年1月"；人文本署作"1946年1月。"。

取消人力车 ①

（报载：当局要取消人力车了 ②）

这种事情的确好，③

人力车我们不要 ④，

人像畜生弯着腰，

人像牛马一样跑。

东洋车 ⑤ 是东方的商标，

人拉人是东方的笑料，

猎奇的美国客人 ⑥ 还要选皇后

来开我们玩笑。⑦

---

① 此诗初刊于《世界晨报》，1946 年 1 月 10 日，又载重庆《新民报晚刊》，1946 年 1 月 12 日，均署名"马凡陀"，又载于《田家半月报》第十二卷第十七、十八期合刊，1946 年 4 月 1 日，无署名。三联本、人文本、诗选本删去此诗。

② 《世界晨报》本此处原有"。"；《田家半月报》本无此注解。

③ 《世界晨报》本此行原作"这种事的确很好，"；《田家半月报》本此行作"这件事的确很好，"。

④ 《田家半月报》本"不要"作"不安"，疑印刷错误。

⑤ 《田家半月报》本"车"作"本"，疑印刷错误。

⑥ 《田家半月报》本"美国客人"作"美国人"。

⑦ 《世界晨报》本以上二行原作：

猎奇的美国客人还要选皇后来

开我们玩笑。

我希望我们的当道，

说出来要做得到，

如果只是说说罢了，

那还不如不说的好。

谁都知道太不人道①，

谁都希望赶快②取消。

一切落后的东西，

在东方烟散云消。

谁都知道电气化好，

谁都知道要化学肥料，

可是我们点的是油灯，

我们的田地用③大粪来浇。

我希望我们的当道，

发出命令立刻做到，

就像魔术家的手杖，

空盘子④里变出蟠桃。

---

① 《田家半月报》本"太不人道"作"这事不人道"。
② 《田家半月报》本"赶快"作"要"。
③ 《田家半月报》本"用"字删去。
④ 《田家半月报》本"空盘子"作"空袋子"。

马凡陀的山歌 | 143

只要给手杖点到，

黑暗就转身奔逃，

天亮就真正是天亮，

不再说"还早还早"。

人力车如果取消，

就该有别的代劳，

如果电车还是挤，

如果还要一双^①腿跑。

如果人力车没有了，

车夫只好把饭讨，

马路上多冻死几个^②同胞，

那还不如让车夫吃吃饱。

一九四六年一月十日^③

---

① 《田家半月报》本"一双"作"一"。

② 《田家半月报》本"几个"删去。

③ 《世界晨报》本、《田家半月报》本此处无署时。

出川难 ①

重庆人想回上海，

等船好比登天难。

黑市船票不算数，

翻船触礁无所谓。

如果坐车川湘路，

翻车跌死多又多，

八年轰炸遭 ② 难苦 ③，

最后一关通不过！

飞机复员最逍遥，

五个小时立刻到，

上午还在剥广柑，

当夜鱼虾吃个饱。

---

① 此诗初刊于《世界晨报》，1946 年 1 月 12 日，又载重庆《新民报晚刊》，1946 年 1 月 15 日，均署名"马凡陀"。人文本、诗选本删去此诗。

② 《世界晨报》本"遭"作"逃"。

③ 三联本"难苦"作"苦难"。

想搭飞机难上难，
求人请客送火腿，
价钱涨了两三倍，
还算本事不坍班。①

要是路道找不到，
劝你安心去睡觉。
飞机岂是凡人坐？
趁早回头等船票。

安全木船有广告，
五万六万价钱巧。
老婆小孩破棉袄，
要死也好死一淘。

蜀道难于上青天，
出川更比上天险。
飞来飞去沪渝客，
若非天神定是仙。

———————

① 三联本此处增加注释："'不坍班'，是南方土语，即'不差'。"

珊瑚坝上飞天仙，

老爷太太小少爷，

娘姨奶妈哈巴狗，

大筐广柑甜又甜。

一九四五年一月十二日 ①

---

① 《世界晨报》本此处无署时；生活本此处署时疑舛误，三联本改作"1946 年 1 月 12 日"。

吉普车，我原谅你！ ①

（为上海美军要求回国运动作）

吉普车，我怕你！
吉普车，我原谅你！
我怕你开得快，
我原谅你开得快。

你开得快，
我只好避得快。
要是我避得慢，
我只好去和阎王相会。

今天你撞倒六岁的小孩，
昨天你压死一位老太太，
前天有辆三轮车，
连人带车都撞坏。

---

① 此诗初刊于《文汇报》，1946 年 1 月 14 日 4 版，又载重庆《新民报晚刊》，1946 年 1 月 22 日，均署名"马凡陀"。三联本、人文本、诗选本删去此诗。

你开得快，

我知道你脾气坏，

你在中国过不惯，

你想回家看你的 honey^①！

你开得快，

你想把这段路赶快走完。

走完这段路前面是条船，^②

可是你转来转去在上海！

想呀，想起了心爱，

她呀，天天写信来；

"你在中国没事干，

为什么不回来？"

烦恼的 GI（注），

怀乡病的 GI，^③

我同情你们的示威！

我祝你们早早回到太平洋的彼岸！

————————

① 《文汇报》本此处无"honey"。

② 《文汇报》本","作"？"。

③ 《文汇报》本以上二行无注释，作：

烦恼的

怀乡病的

一九四五年一月十三日 ①

（注）GI 是 Government Issue 的简称，现即指美国兵。

————————

① 《文汇报》本此处署作"一月十三日"。

致病中的我 ①

哈哈，老兄果真病了，
发着抖，咬着牙，
铁青着脸，淌着汗，
你也有今天，哈哈！

想你健康的时候，
你不是诅咒着这世界吗？
你恨它，骂它，讽刺它，
它可奈何不得你啊！

现在，叫你看看颜色，
你还能站起来——
恨它吗？骂它吗？讽刺它吗？
还不是躺在那儿动弹不得！

老兄，你这副窘相，

---

① 此诗初刊于《世界晨报》，1946 年 1 月 15 日，署名"马凡陀"。三联本、人文本、诗选本删去此诗。

可惜你自己看不到。
否则，你不知作何感想？
说不定你宁愿自杀？

古话说，莫伤阴骘，
我看你就是太过缺德，
这一番苦头想已够受，
也该痛悔前非了吧？

如果你能够糊里糊涂，
什么事都马马虎虎，
包你长得白白胖胖，
不会像一只饿瘦黄狼！

老兄，我也不想多说，
何去何从，好自为之！——①
我是觉得你可怜，
所以把意见贡献。

你还是甘愿这样发抖，
甘愿这样死罪活受；

———

① 《世界晨报》本此处无"——"。

还是聪聪明明做个人，
快快活活寻开心。

瞧他的样儿真狼狈，
恐怕不久就要呜呼哀哉。
人生只活这么一回，
你不听话就给我滚蛋！

一九四六年一月十五日 ①

①《世界晨报》本无署时。

克宁奶粉罐铭 ①

纪元后 ② 三千年，在东方扬子江流域某大滨海城市废墟中，发现一马口铁罐头，经某大考古学家检定 ③，断为"人民世纪"时古物，至堪珍贵。罐旁有古文铭语二十四行，录出如下：④

克宁奶粉，
廉价供应。
中国孩子，
寄生托命。

喝外国奶，
认外国亲，
孩子今天，

---

① 此诗初刊于《世界晨报》，1946 年 1 月 18 日，又载重庆《新民报晚刊》，1946 年 1 月 19 日，均署名"马凡陀"，又载于《大观园周报》第 8 期，1946 年 2 月 8 日，署名"须得"。

② 人文本、诗选本"纪元后"作"公元后"。

③ 三联本、人文本、诗选本"检定"作"鉴定"。

④《大观园周报》本此序改为："纪元后二〇〇〇年，在东方扬子江流域某大城市废墟中，发现一马口铁罐头，经某大考古学家检定，知为'人民世纪'时古物，至堪珍贵，罐旁有棕黄色花纹，并铭语廿四行，录之以飨读者。"。

不胜荣幸。①

姆妈无奶，

奶妈② 干领，

中国黄牛，

何必烦神？ ③

简单明了，

衣食住行，

样样外国，

舶来货品。

振兴实业，

未免操心。④

张开嘴巴，

坐等大饼。

---

①《大观园周报》本以上一节四行作：
喝美国奶，
认美国亲，
兄弟今天，
不胜荣幸，
②《大观园周报》本"奶妈"作"奶娘"。
③《大观园周报》本此行作"断子绝孙，"。
④《大观园周报》本以上二行作：
民族工业，
寿终正寝，

寄人篱下，

能屈能伸。①

此是宝物②，

传诸子孙。③

一九四六年一月十八日④

①《世界晨报》本此行作"能屈伸能"，疑印刷错误。

② 诗选本"宝物"作"实物"。

③《大观园周报》本以上二行作：

东方奇谈，

如是云云。

④《世界晨报》本、《大观园周报》本无署时；三联本此处署作"1946 年 1 月 18 日"；人文本署作
"1946 年 1 月 18 日。"。

挤电车 ①

世上什么地方挤？

上海电车最最挤。

世上什么人最凶？

抢车子人最最凶。

谁的力气最最大？

精壮汉子谁都怕。

我推你来你推我，②

我推他来他推我。

小孩挤得跳，

女人挤得叫，

这辆上不上，

下辆也休想。

老头子，穿棉袍，

大家叫他慢慢交。③

娘儿们，力气小，

---

① 此诗初刊于《世界晨报》3 版，1946 年 1 月 21 日，署名"马凡陀"。人文本、诗选本删去此诗。
② 《世界晨报》本此行原作"我挤你来你挤我，"。
③ 三联本此处增加尾注："'慢慢交'是上海话，即'慢些'。"。

挤住身子买不了票。

车子好像蜗牛走，

动了一动歇歇手。

外滩走到日升楼，

起码要走个巴① 钟头。

开车火气多，

嘴里不停骂。

这站有人下，

偏偏开得快。

卖票脾气大，

更莫得罪他。

没得电车坐，

日子不能过；

三轮坐不起，

只好请教他！

一九四六年一月廿一日 ②

---

① 三联本"巴"作"把"。
② 《世界晨报》本无署时；三联本此处署作"1946 年 1 月 21 日"。

陶行知颂 ①

陶行知，呱呱叫！

货色顶真价钱巧，

普及教育不涨价，

一心要把孩子教。

教他们生活，

教他们念书，

教他们科学，

教他们民主。

中国文盲真正多，

文盲好比哑口驴，

给人骑，给人坐，

给人吃了还是糊涂。

文章尽管写得好，

---

① 此诗初刊于重庆《新民报晚刊》，1946 年 2 月 3 日，又载于上海《周报》第二十九期，1946 年 3 月 23 日，均署名"袁水拍"。人文本、诗选本删去此诗。

雕了花又嵌了宝，

双手捧给乡下佬，

不懂，不懂，把头摇！

要是大家学做陶行知，

中国就没有亮眼苦瞎子。

陶行知，陶行知，你说你是老妈子，

我们说你是孔夫子！ ①

一九四六年一月二十七日 ②

今年这顿年夜饭 ①

今年这顿年夜饭，

各人心头各滋味；

火锅年糕大肉圆，

西风马路芦席爿 ②。

有人吃蜜糖，

有人咽眼泪。

哭的哭，笑的笑，

甜的甜，酸的酸。③

多少英雄大老板，

蓬擦蓬擦滑地板？

多少工人失了业？

多少工人把工息？

---

① 此诗初刊于《世界晨报》，1946 年 1 月 31 日 2 版，署名"马凡陀"。
② 人文本、诗选本"爿"作"片"。
③《世界晨报》本以上二行原作：
有人没得吃，
有人吃不完。

有人没得吃，

有人吃不完。

有人睡不着，

有人不要睡。①

物价拼命涨，

涨得人气喘。

工厂请长假，

冻结烟囱管。

有人喊民主，

喊得嘴巴干。

有人耍本领，

劈劈拍拍掷石块。②

过一夜，长一岁，

眼看人家进步快，

也得自己往前追，

朋友，朋友，你说对不对？ ①

一九四六年一月卅一日 ②

---

① 三联本、人文本"？"作"！"。

② 《世界晨报》本此处无署时；三联本此处署作"1946年1月31日"；人文本署作"1946年1月31日。"；诗选本署作"一九四六年一月三十一日"。

王小二历险记 [1]

王小二坐在家里，
瘦脸儿一团和气。
今天他加了薪水，
老婆也欢欢喜喜。

老婆出门去打酒，
还买年糕和猪油。
小二静坐等她来，
一枝香烟思悠悠。

忽然屋里有声响，
好像有人在演讲，
细听原来是煤球，
"我的薪水也要涨！"

---

[1] 此诗初刊于《世界晨报》，1946年2月8日，又载重庆《新民报晚刊》，1946年2月16日，均署名"马凡陀"，又经野兔坊谱曲，载于《风下》第66期，1947年3月15日，诗题作《中国江南新景之一：王小二历险记》，署名"马凡陀"。

煤球说话还未了，

肥皂的声音也不小：

"我的薪水也要加，

再不加薪不干了！"

碗里猪肉篮里菜，

橱里豆腐桌上蛋，

他们一齐高声喊：

"加薪，加薪，快快快！"

小二听得心里慌，

方才的喜气一扫光。

满屋子东西都开口，

柴片跳舞像① 发狂。

小二吓得开门逃，

撞个满怀应声倒，

老婆打酒没打着，

也没猪油也没糕。

搀起老婆问缘由，

---

① 诗选本"像"作"象"。

老婆气得双泪流：

"你的钞票不值钱！

年糕不肯跟我走。

^①店里东西都笑我，

大家骂我困扁头^②，大家都说涨了价，

昨天的钞票打不了今天的油！"

一九四六年二月四日^③

---

① 三联本此处增加前双引号。

② 三联本、人文本、诗选本此处增加注释："'困扁头'上海俗语，意思是'太糊涂'。"

③《世界晨报》本此处无署时；三联本此处署作"1946 年 2 月 4 日"；人文本署作"1946 年 2 月 6 日"。

加薪秘史 ①

职工要求加薪水，

为了物价跳得快②。

即使薪水加一倍，

不多不多多乎哉？③

本来吃饭吃一碗，

一碗刚装半只胃。

如果薪水加一倍，

另外半只也装满。

初一朝晨去请愿，

老板高卧没起来。

下午再去试试看，

---

① 此诗初刊于《世界晨报》，1946年2月5日，又载重庆《新民报晚刊》，1946年2月9日，题作《上海职工请求加薪秘史》，又载于上海《生活知识》第15期，1946年3月1日，题作《上海职工请求加薪秘史》，又载于《彷徨》新1期，1947年1月1日，均署名"马凡陀"。《生活知识》本全诗不分节，诗末注有"（转载香港《华商报》）"。

② 《彷徨》本"快"作"高"。

③ 《生活知识》本此行作"维持生活也难够。"。

说是出去白相哉。

初二上午再^①请愿，
老板说道不用谈。
初三初四又初五，
职工只好把工怠。

初六初七哭哀哀，
老板说道慢慢来。
初八初九又初十，
十一十二便十三！

十四老板叫^②代表，
还请大亨来仲裁，
讨价还价拉锯战，
十五十六再谈判。

挨到十八才答应，^③
薪水准加一万三。
不料物价天天涨，

① 《世界晨报》本、《生活知识》本"再"作"又"。
② 人文本、诗选本"叫"作"召"。
③ 《彷徨》本","作"："。

一涨又涨靠一倍。

从前能买一碗饭，
今天还是买一碗！ ①
所谓脱裤子放屁，
花了力气算白干。

要想装满这只胃，
装来装去装不满。
山歌唱唱就唱完，
穷人的苦头吃不穿！ ②

一九四六年二月五日 ③

---

① 《生活知识》本"！"作"，"。

② 三联本、人文本、诗选本删去最后一节四行。

③ 《世界晨报》本《生活知识》本此处无署时；三联本署作"1946 年 2 月 5 日"；人文本署作"1946
年 2 月 5 日。"。

怀念黄色公共汽车 ①

汽车在哪里？
汽车在哪方？
您黄色的公共汽车啊！
您怎么不帮帮上海人的忙？

我们记得在从前的时候，
好几百辆在公共租界来往。
现在你们躲在什么地方？
我们真想来拜望拜望！

《密勒氏评论报》② 讲：
上海原有的公共汽车，
并没有给日本人拿光，
大多数还放在这里的车房！

既没有拆卸，改装，
也没有运到别的地方。

---

① 此诗初刊于《世界晨报》，1946 年 2 月 6 日，署名"马凡陀"。三联本、人文本、诗选本删去此诗。
② 《世界晨报》本此处无书名号。

只为了通车不能赚钱，
不赔本便不算上当。

我们眼看红车子在开，
我们眼看电车挤不上，
我们眼看三轮车，黄包车，脚踏车，
把人们挤得意乱心慌。

我们眼看有一些大汽车，
我们还记得它们的式样，
就是过去的公共汽车啊！
不过改漆了颜色驶在路上。

你们是改了嫁？
你们是收了房？
你们是告了老？
还是隐居，下野，出了洋？

汽车在哪里？
汽车在哪方？
您黄色的公共汽车啊，
您怎么不帮帮上海人的忙？

一九四六年二月五日 ①

①《世界晨报》本此处原署作"二，五日。"。

抓住这匹野马 ①

抓住这匹野马!

赶快抓住这匹野马!

别让它 ② 飞跑!

赶快别让它 ③ 飞跑!

这匹野马跑得好快 ④,

这匹野马横冲直撞,

这匹野马好像发了疯 ⑤,

这匹野马没有人管。

撞倒了拉车的, 挑担的,

撞倒了工人, 伙计, 职员,

撞倒了读书的孩子,

① 此诗初刊于《世界晨报》,1946 年 2 月 12 日,又载于《今日儿童半月刊》第 5 号,1947 年 5 月 1 日,均署名 "马凡陀"。三联本、人文本、诗选本删去此诗。

② 《今日儿童半月刊》本 "它" 作 "他"。

③ 《今日儿童半月刊》本 "它" 作 "他"。

④ 《今日儿童半月刊》本 "好快" 作 "真快"。

⑤ 《今日儿童半月刊》本 "发了疯" 作 "发疯"。

撞倒了教书的先生。

男男女女，
老老少少，
都给它一脚踢翻，
踩 ① 得头破血流。

抓住它！
抓住它！
满街的人都着慌了！
满城的人都急坏了！

抓住它！
赶快抓住它！
抓住这匹发疯的野马！
抓住这飞涨的物价！

一九四六年二月十日 ②

---

① 《今日儿童半月刊》本"踩"作"踏"。
② 《世界晨报》本、《今日儿童半月刊》本无署时。

赫尔利这老头子 ①

联合社圣路易二月八日 ② 电："美国前任大使赫尔利少将今日在此宣称，美国以军租法物资及其他接济，供给苏联及其他殖民国家，无异以美国之经济力打击美国的经济之与国。……美国外交政策一大弱点厥为混乱，缺少清醒之指导及国务院内漫无纪律。该院一部份官吏同情于苏联帝国主义及共产之目标。……"

赫尔利，发脾气，
骂骂东，骂骂西。
弄假成真掼纱帽，
憋了一肚子的气。

一骂秘密外交官，
二骂美国国务院，
三骂远东专家民主派，

---

① 此诗初刊于重庆《新民报晚刊》，1946 年 2 月 18 日，又载于《中原·希望·文艺杂志·文哨联合特刊》第一卷第四期，1946 年 2 月 25 日，均署名"马凡陀"。

② 三联本、人文本、诗选本"二月八日"作"2 月 8 日"。

四骂外交政策要改换。

怎么改？怎么换？
罗斯福手订的政策要改换。
民主自由他不要，
专制独裁他喜欢！

这里黑，那里暗，
越黑越暗他越中意看！
这里闹，那里乱，
越闹越乱他越使劲干！

干得一团糟，
臭名都知道，
舆论不肯饶，
只好拔脚跑。

心不甘，恨^①难消，
放个起身炮，
无奈着了潮，
气得两撇胡子翘！

---

① 《联合特刊》本"恨"作"意"。

无聊无聊真无聊！

怎么怎么怎么得了？

一不做，二不休，

一炮一炮又一炮……①

放的什么炮？

反共毒气炮。

虽则过时了，

兴致还很好。

唱的什么歌？

戈培尔的歌。

弹的什么调？

法西斯老调。

赫尔利，凶来些②，

人老心不死。

苏联帝国主了义！③

究竟哪个相信你？

一九四六年二月十日④

---

① 《联合特刊》本"……"作"…"。

② 三联本、人文本、诗选本增加注释："'凶来些'上海话，即'很凶'。"。

③ 三联本此行作"苏联变成了帝国主义"；人文本、诗选本此行作"苏联和你们一样成了帝国主义"。

④ 《联合特刊》本此处无署时；三联本署作"1946年2月10日"；人文本署作"1946年2月10．"。

嫖经序诗①

报载妓女应穿制服

妓女应该穿制服，

你的计划真不差。②

妓女生来下贱胚，

侮辱侮辱无所谓。

迎面走来女人家，

一看制服便是③她。

打个招呼跟你走，

只要大爷有钱花。

要吃汤团要吃面，

走进馆子随意点。

吃喝嫖赌几④件事，

---

① 此诗初刊于《时事新报》，1946 年 2 月 13 日，署名"马凡陀"。三联本、人文本、诗选本此诗题改作《报载妓女应穿制服》。

②《时事新报》本"。"作"！"。

③《时事新报》本"便是"作"知道"。

④《时事新报》本"几"作"四"。

只有嫖妓较不便①。

如今大开方便门，
看见衣服便②认人，
借问国家何处好？
中华民国顶称心！

一九四六年二月十一日③

---

①《时事新报》本此行作"比较嫖妓不方便"。三联本、人文本、诗选本中"较不便"作"不方便"。

②《时事新报》本"便"作"就"。

③《时事新报》本此处无署时；三联本此处署作"1946年2月11日"；人文本署作"1946年2月
11日。"。

改革歌[1]

说到改革就改革，
先剃头发再淴浴，
脱下长衫穿西装，
手里拿根斯的克[2]。

说到改革就改革，
要我忍耐我决不！
忍痛牺牲咬牙关，
卫生设备改西式。[3]

---

① 此诗初刊于《世界晨报》，1946年2月14日，略作修改后于2月25日再次刊登，又载重庆《新民报晚刊》，1946年2月19日，又载于《重庆画报》第4期，1946年4月1日，又经洪砂谱曲，载于《新音乐月刊》第7卷第1期，1947年7月1日，均署名“马凡陀”。

② 人文本增加注释：“‘斯的克’，是英文‘手杖’的译音。”。

③《世界晨报》25日本、《重庆画报》本以上二节八行改作：

我一心想改革改革：
先剃头，后沐浴；
脱下长衫穿西装，
手里拿根司的克。

我一心想改革改革：
你要忍耐，我决不！
忍痛牺牲咬牙关，
卫生设备改西式。

方桌改成圆台面，

稀饭吃在干饭先，

走路开车都①靠右，

铺子一律改称店。

老板作废改②经理，

立春叫做③农民节，

麻将不打打麻雀，

不吃酱油改吃盐。④

扯下封条锁上锁，

不说太少说不多，

爸爸辞职当父亲，

比丘⑤回俗做尼姑。

打开窗子加屏风，

---

① 《世界晨报》25日本、《重庆画报》本"都"作"改"。
② 《世界晨报》25日本、《重庆画报》本"作废改"作"取消叫"。
③ 《世界晨报》25日本、《重庆画报》本"叫做"作"改成"。
④ 《世界晨报》25日本、《重庆画报》本此行作"酱油不用改用盐。"。
⑤ 《世界晨报》25日本、《重庆画报》本"比丘"作"和尚"。

蚂蚁让位 ① 给毛虫，②

自由太多 ③ 便专制，

如今民主大不同！④

一九四六年二月十二日 ⑤

---

① 《世界晨报》25 日本、《重庆画报》本"让位"作"换班"。

② 三联本增加注释："当时蒋匪政府的首脑及一些大官僚时时撤换，但调来调去仍是这几个人。这种撤换往往是为了美帝主子当时常常要求'国民党政府改革政治'。"；人文本、诗选本增加注释："当时蒋匪政府的首脑及一些大官僚时时撤换，但调来调去仍是这几个人。这种撤换往往是为了美帝主子当时常常高唱要求'国民党政府改革政治'。"。

③ 《重庆画报》本"太多"作"太少"。

④ 《世界晨报》25 日本"！"作"。"。

⑤ 《世界晨报》本《重庆画报》本此处无署时；三联本署作"1946 年 2 月 12 日"；人文本署作"1946 年 2 月 12 日。"。

感谢读者 ①

（寄念云君）

谢谢你，谢谢你！

我的山歌你喜欢。

我的山歌有人爱。

情愿唱得嘴巴干。

讽刺现实我岂敢，

大家想说就说出来。

如果藏在肚子里，

天下无话只有屁！

一九四六年二月十三日 ②

---

① 此诗初刊于《世界晨报》，1946 年 2 月 13 日，署名"马凡陀"。三联本、人文本、诗选本删去此诗。

② 《世界晨报》本无署时。《世界晨报》本诗后附有：

读者念云先生赠以新诗一首，□□□□，他说他要□我，我怎么□□，赶忙写了上面八句回送给他。他的原诗附录在下面。因为奖励得太过，恕我擅改了几句。

致马凡陀 念云	陶行知	马凡陀！	读者高呼，
	点头笑呵呵	马凡陀！	大哉马凡陀！
马凡陀！	胡适之	讽刺现实，	
马凡陀！	新诗的信徒，	吃吃豆腐，	
一日一诗歌，	读者们	勿□脾胃，	
幽默风趣，	不可一日此君无。	勿怕闯祸；	
嬉笑骂怒，		读者拥护，	

人间喜剧 ①

前天鄙人过生日，

不料吃了一个大亏。

这件事说来奇怪，

让我慢慢地告诉各位：

我的生日本来没人 ② 知道，

可是我老婆去告诉了王嫂。

王嫂告诉阿七，阿七告诉老赵。

上了老赵的嘴等于上了报！

亲戚同事朋友 ③ 一齐来到，

乱轰轰 ④ 好不热闹。

这家送老酒，那家送蛋糕，

---

① 此诗初刊于重庆《新民报晚刊》，1946 年 2 月 4 日，又载于《文汇报》，1946 年 2 月 8 日，又载于《世界晨报》，1946 年 2 月 16 日。《文汇报》本全诗不分节。《世界晨报》本有副标题"鄙人过生日这一天即景"，全诗不分节。三联本、人文本、诗选本删去此诗。

② 《文汇报》本"本来没人"作"本没人"。

③ 《文汇报》本"同事朋友"作"朋友同事"。

④ 《文汇报》本"乱轰轰"作"乱轰轰一屋子"。

我知道这件事不妙。

于是花了钱，破了钞，
老婆和我忙得不可开交。
亲戚同事朋友一齐敬我酒。
你说我拒绝了那个是好？

干了一杯又干一杯，
喝得我磕头求饶。
他们还是死拉住不放松，
活像抓到了一个强盗。

最后我喝得仰身跌倒，
哈哈大笑，胡言乱道，
他们这才感到目的达到！
一个个告辞，一个个溜掉！

剩下我和我的老婆和孩子，
桌翻椅倒，乱七八糟，
老婆收拾残局，仔细打扫，
勉强把我搬上床去睡觉。

一天一夜，尽是呕吐，

三天三夜，稀里糊涂。

老婆忙着做我的看护，

孩子吃蛋糕，吃坏了肚。

我对老婆说："真是何苦！"

老婆说："那是你面子大，

朋友看得起你的缘故，

不识好歹！还要怪我！"

一九四六年二月十四日 ①

---

① 《文汇报》本、《世界晨报》本无署时。

张百万①

张百万，张百万，
只吃条子不吃饭。
进进出出小汽车，
上车下车要人搀。

大小夫人不算多，
点起名来一二三……
上海有地产，
四川买座山。

纽约进股票，
金砖铺地板。
上天坐飞机，
过江小轮船。

---

① 此诗初刊于《文萃》第十九期,1946 年 2 月 21 日,又载北平《文萃》第 16 期,1946 年 3 月 24 日,又载于《群众文摘》第 3 期, 1946 年 9 月 1 日, 又载于《风下》第 92 期, 1947 年 9 月 13 日, 均署名"马凡陀"。

律师做顾问，

常年好犯罪。

只要他高兴，

死囚活转来。

兄弟儿女亲和眷，

同乡同学世交辈，

这个当经理，

那个做大官。

马弁升处长，

副官变老板，

报馆公司各机关，

都靠他来做后台。

市场他操纵，

投机做买卖。

你怕物价涨，

他怕金价掼^①。

打仗逃得急，

---

① 《群众文摘》本"掼"作"廉"；三联本、人文本、诗选本增加注释："'金价掼'上海话，即'金价跌'。"

接收来得快。

毛笔批一批，

敌产变私产。

横冲又直撞，

英雄兼好汉，

文来得，武也干，

拔根毫毛变精怪^①。

张百万，张百万，

你比百万多千倍。

你要万万也容易，

好比随意画圈圈。

你是大好老，

我是猪头三。

你吃鱼，我吃胆。

你吃蛋糕我下蛋！

嫌我下蛋慢，^②

叫我快滚开！

---

① 三联本、人文本、诗选本增加注释："这一节影射反动统治者豢养大批特务。"
② 《群众文摘》本"，"作"！"。

跌倒地上爬不起，

做你的地板还不配。^①

一九四六年二月十六日 ^②

---

①《群众文摘》本"。"作"！"。三联本、人文本、诗选本以上二节八行删去。

②《文萃》本、《群众文摘》本此处无署时；三联本署作"1946 年 2 月 16 日"；人文本署作"1946年 2 月 16 日。"。

弃文就武篇 ①

今天我来提个议，
文人学者请注意！
大家赶快练身体，
从今开始莫迟疑。

你们身体太不济，
一点苦头吃不起。
第一你们拳头小，
第二你们臂膀细。

外加抗战八年来，
吃的砂石稗子米，
肠胃十有九人坏，
贫血肺病不稀奇。

当此民主大时代，

---

① 此诗初刊于《世界晨报》，1946 年 2 月 20 日，原题作《弃文就武论》，署名"马凡陀"。三联本、人文本、诗选本删去此诗。

所谓人民的世纪，

如何骨头瘦如柴，

伤风咳嗽拖鼻涕。①

民主自由权和利，

桩桩件件属于你，

这副担子千斤重，

石块铁棒差可比。

一旦加在你身上，

试问如何当得起？

什么文化不文化！

还是武化称第一！

奉劝诸公改行业，

弃文就武从今起，

放下毛笔练把式，

头上打个英雄结！

一九四六年二月十八日 ②

---

① 《世界晨报》本"。"作"？"。

② 《世界晨报》本此处无署时。

情诗 ①

亲爱的"孙"啊!

可是,并无其事的"孙"啊!

我这样亲热地称呼你,

是为了我非常倾慕你,

如果老着脸皮说真话:②

我实在对你害着相思病了!

你是我理想中的钞票!

你是我永恒的目标!

亲爱的"孙"啊!

然而人家偏偏一再声明,

就是你并不存在,

说是你并无其事,

说是从来没有知道过你,

---

① 此诗初刊于《世界晨报》,1946 年 2 月 8 日,又载重庆《新民报晚刊》,1946 年 2 月 16 日,均署名"马凡陀"。三联本、人文本、诗选本删去此诗。

② 《世界晨报》本":"作","。

说是根本不曾想到过：①

什么已经一切都计划好，

什么已经在外国印刷了。

因此我只能说，

你是并不是你，

你还没有。

好像人家说，

你的老婆还没有养出来。

也因此，我们之间的

并无其事的相思病

更深了，更不好意思了！

也许正人君子们要骂我：

喜新厌旧，见异思迁。

是的，我承认这是我的罪过，

不过，那旧的也实在太不可爱，

太使人灰心，太使人吃不消了。

它的价值越来越不对。

昨天它还值两条油条，

今天只值一条半了！

---

① 《世界晨报》本"："作"；"。

而据说你的品格，

高贵得有如美金；

你的行为，

更有始有终，

决不会朝三暮四，

像那些廉价的女子！

因此我益发想念你，

——可是据说你还没有存在呢！

这叫我如何是好啊？

亲爱的"孙"啊！

愿你可怜可怜我这相思病者吧！

我已经厌倦于这一切了。

我要得到我的永久伴侣，

你是我的真正的归宿！

你是我的宝贝，小麻雀！

请宽恕我的 ① 肉麻吧！

---

① 《世界晨报》本无"的"。

上海物价大暴动 ①

惊人消息！

本市发生暴动！

大暴动！大暴动！

物价大暴动！

物价这暴徒，

握着铁棒！

拾起石块！

拉开手榴弹！

乱冲！

乱打！

乱扔！

乱嚷！

在中山路，

在中正路，

在日升楼，

在大世界，

在闹市里，

在人丛中，

到处打人！

到处喊杀！

警察呢？

怎么不见了？

官员呢？

到那里去了？

但见无数的人，

打得头破血流！

眼镜掉了！

头上肿了！

那为首的暴徒，

发光的脸蛋，

姓黄名金，

第一流闻人。①

在他的指挥下，

美钞，股票，

米面，燃料，

油盐酱醋固本皂……

乱轰轰的像一群豺狼，

逢人便打，

见人便咬，

死的死，伤的伤！

警察呢？

站在旁边瞧。

官员呢？

不知道怎么是好！

一九四六年二月二十一日 ②

①《世界晨报》本"。"作"！"。

②《世界晨报》本此处无署时。

看病记 ①

上星期六我伤风发烧，
头痛脚酸舌头发毛。
我心里倒高兴向床上一倒，
借此机会可以不去签到。

可是我老婆却急得发跳，
她只怕我请假把薪水扣掉，
她做好做歹劝我去看病，
花言巧语，生气撒娇……

请不起医生只好看门诊，
私人医生要两千块诊金，
除了公共医院别处没我份。
病菌无穷富，病人却要分等。

公共医院的确便宜，
就像新开店一样好生意。

① 此诗初刊于《世界晨报》，1946 年 3 月 1 日，署名"马凡陀"。三联本、人文本、诗选本删去此诗。

挂号处好像是在电车里，
小小的窗口塞满了手臂。

白喉，肺痨，胃痛，下痢，
你推我，我轧他，他挤你，
一面咳嗽一面使出最后的力气，
为了看病就得把毛病忘记！

好在大家生病顾不得礼节，
我也加入了作战用力去挤，
挤得头上的汗直淌到背脊，
好像吃了一服发汗剂。

挂好号，看好病，再配药，
时间足足花了四点半钟，
回到家里觉得浑身轻松，
原来出了一身汗已经不再伤风！

公共医院有许多坏处，
可是好处也有一种——
只要你有力气去推去冲，
包管它能医好你的头痛！

一九四六年二月廿七日 ①

————————

① 《世界晨报》本此处无署时。

若无其事①

（粤事书感）②

我的眼睛看得见你，

我的耳朵听得见你，

我的手打得到你，

我的脚踢得到你。

可是我不承认我看见你，

可是我不承认我听到你，

可是我不承认我打到你，

可是我不承认我踢到你。

我走路我说这不是路，

我说话我说这不是话，

① 此诗初刊于《文汇报》，1946 年 3 月 13 日，又载于《世界晨报》，1946 年 3 月 23 日，均署名"马凡陀"。三联本、人文本、诗选本删去此诗。

② 《文汇报》本、《世界晨报》本均无此副标题。

我知道我说我不知道，①

我打你我说这不是你。

你站在我面前我说没有，

你给我吐口水我说没有，

你存在我说你不存在，

你活着我说你已经死了。

而且你根本就没有活过，

而且我也根本没有口水可吐，

世界上根本没有路，

也根本没有眼睛和耳朵。

一九四六年二月二十八日 ②

---

① 《文汇报》本以上三行作：

我吃饭我说这不是饭，

我走路我说这不是路，

我说话我说这不是话，

② 《文汇报》本、《世界晨报》本无署时。

长方形之崇拜 ①

是哪一种几何图形，

在上海 ② 最最可贵？

是正方，多边，三角？

还是菱形，还是腰圆？

是这种几何图形，

在上海 ③ 最最可贵。

不是三角，也不是腰圆，④

是条子这长方形最最可贵。⑤

有这样一位先生，

有这样一位老板，

住一所五十条的房子，

坐一辆二十条的汽车。

---

① 此诗初刊于《世界晨报》，1946 年 3 月 6 日，署名"马凡陀"。三联本、人文本、诗选本删去此诗。

② 《世界晨报》本"在上海"作"要算"。

③ 《世界晨报》本"在上海"作"要算"。

④ 《世界晨报》本此行原作"既不是三角也不是腰圆，"。

⑤ 《世界晨报》本"。"作"！"。

一堂家具大小沙发，

合计三十三条半。

听说他一天三顿，

顿顿把 ① 条子下饭。

是哪 ② 一种几何圆形，

在上海 ③ 最最可贵？

你要他批准盖个正方形，

也得把这长方形去换。

一九四六年三月一日 ④

---

① 《世界晨报》本"把"作"要把"。

② 《世界晨报》本"哪"作"那"。

③ 《世界晨报》本"在上海"作"要算"。

④ 《世界晨报》本此处无署时。

外汇颂 ①

外汇开放后市面顿趋平定（三月五日报纸标题）②

说希奇，真希奇，

外汇决定了一切。

就像排队喊立正，

大家都向他看齐。

领队第一名，

长子叫美金。

长子退，大家退，③

长子进，大家进。

一二三四五……

队伍长得很。

第二是赤金，

---

① 此诗初刊于重庆《新民报晚刊》，1946 年 3 月 12 日，又载于《文萃》第二十一期，1946 年 3 月 14 日，又载于《大威周刊》第一卷第五期，1946 年 5 月 12 日，又载于《群众文摘》第 3 期，1946 年 9 月 1 日，均署名"马凡陀"。《群众文摘》本全诗不分节。三联本、人文本、诗选本删去此诗。

② 《大威周刊》本此处副标题改为："（外汇开放市面顿趋平定）"。

③ 《文萃》本、《大威周刊》本、《群众文摘》本"，"作"；"。

公债第三名。

第四是食粮，

老大叫白粳[①]，

早稻薄[②]稻粉，

茶油落花生。

下面花纱布，

蓝马和嘉禾，

漂白[③]有细粗，

士林牌子多。

生丝人造婺源炒[④]？

大英仙女和老刀，

黄白祥茂固本皂，

车糖兴化赤白高。

说希奇，真希奇，

那怕砖瓦和水泥，

---

① 《大威周刊》本、《群众文摘》本"白粳"作"白梗"。

② 《大威周刊》本"薄"作"和"。

③ 《大威周刊》本"漂白"作"漂布"。

④ 《大威周刊》本"炒"作"纱"。

兴化桂元糯米荔，

大家都向他看齐。

吃的和穿的，

住的和行的，

谁不跟他涨？

谁不跟他跌？

美金喊声进，

大家飞步跟；

美金喝声停，

马上就立正。

喝的美金奶，

穿的美金衣；

美国 ① 房子快进口，

又是漂亮又便宜。

美金是上帝，

兼职当观音，

ABCD 甲乙丙，

---

① 《文萃》本、《大威周刊》本、《群众文摘》本"美国"作"活动"。

OK 遵办^① 听命令。

美金呀美金！

幸亏你老是美金。

要是换了别的人^②，

小心爱国大游行！

一九四六年三月七日^③

---

① 《大威周刊》本"遵办"作"遵命"。
② 《大威周刊》本"别的人"作"别国金"。
③ 《文萃》本《群众文摘》本此处无署时；《大威周刊》本无署时，诗末有注："(《文萃》二十一期)"。

眠儿曲 ①

摇一摇，我的小宝宝！

宝贝要睡觉，

摇摇宝贝快睡觉，

睡着了，睡醒了，

起来吃块糕！

摇一摇，我的小宝宝！

战争完结了，

和平已来到，

打仗的爸爸回家转，

宝贝脸上眯眯笑！

摇一摇，我的小宝宝！

大哥种庄稼，

二姐勤纺纱，

三哥要上学，

---

① 此诗初刊于《世界晨报》，1946 年 3 月 20 日，又载重庆《新民报晚刊》，1946 年 3 月 23 日，又载于《现代妇女》第 7 卷第 4 期，1946 年 4 月，均署名"马凡陀"。三联本、人文本、诗选本删去此诗。

四姐快出嫁。

全家庆平安，
奶奶背香袋，
庙里去回愿，
求求老天爷，
不要再遭难！

哪里知道邱吉尔，
世界舆论全 ① 不管，
显露原形反动派，
战争瘾头不曾过，
反苏言论一连串。

摇一摇，我的小宝宝！
你说打仗好不好？
宝宝要吃糕，
邱吉尔给你刀，
你说邱吉尔好不好？

摇一摇，我的小宝宝！

① 《现代妇女》本"全"作"他"。

宝贝要睡觉，

邱吉尔要大炮，

邱吉尔是坏孩子，

妈妈把他一顿敲！

摇一摇，我的小宝宝！

宝贝不要气，

宝贝不要恼！

谁会相信他，[①]

这只沙喉咙的老雄猫！

一九四六年三月十八日 [②]

---

①《现代妇女》本"，"作"——"。

②《世界晨报》本此处署作"一九四六，三，十八日"；《现代妇女》本此处无署时。

青菜甜·萝卜脆 [①]

青菜甜，萝卜脆，
各人中意各人爱。

张三爱和平，
李四爱战争。

太太平平种种地，
张三是个没出息！

国难时期发大财，
李四变了大老板。

拉去壮丁上战场，
家要破来人要亡。

如果三次大战起，

---

① 此诗初刊于《世界晨报》，1946 年 3 月 26 日，又题作《青菜甜》，载于《文萃》第二十三期，1946 年 3 月 28 日，均署名"马凡陀"。诗选本此诗删去。三联本、人文本诗题中"·"作"，"。

李四又可发财哩。①

囤囤货，投投机，
高厅大厦②平地起。

别人发财我去死，
张三自然不愿意。

别人去死我发财，
这个买卖李四干。

这就叫张三智③识低，
这就叫李四有志气。

张三妻离子又散，
李四三房姨太太。

张三吃黑豆，
李四吃白饭。

---

① 《文萃》本"。"作"！"。
② 《文萃》本"大厦"作"大楼"。
③ 三联本、人文本"智"作"知"。

吃什么，想什么，
吃得多，想得远。①

张三一心想和平，
李四一心想战争。

青菜甜，萝卜脆，
各人中意各人爱。

一九四六年三月十九日 ②

---

① 人文本删去以上一节二行。
② 《世界晨报》本、《文萃》本此处无署时；三联本署作 "1946 年 3 月 19 日"；人文本署作 "1946
年 3 月 19 日。"。

三万万美金脱险记 [①]

那是在抗战最坚苦的年头，

那是在纸币狂发物价狂涨的时候，

士兵吃稀饭，上操要跌倒，[②]

眼看国家已经走到了 [③] 生死的关头。

那时候在 [④] 参政会上有人发了一声喊：

"中国还有钱，美金三万万，

冻结在美国，有钱人的存款，

政府应该动用这笔逃避的财产"。[⑤]

不知道经过了多少人的呼吁，

不知道经过了多少次舆论的鼓吹，

不知道写干了多少瓶的墨水，
那 ① 知道都是白费劲，一切无效！

敌人冲到独山，人们想到了它；
前线缺乏 ② 鞋袜，人们想到了它；
林主席像平民一样在捐款，人们想到了它，
教师公务员为了生活自杀，人们想到了它。③

《侨声报》④ 发起了全体市民签名运动，
几万个名字一致要求政府动用。
要求把这些存户的姓名公布，
人们传说着某某某某都在其中。

财政当局一次又一次地解释，
说是私人的财产是神圣的，万万动不得。
公文来去枉费了无数唇舌，
调查又调查，调不动又查不出。

那些时纽约银行里的那笔美金，

---

① 《民间》本"那"作"哪"。
② 《民间》本、《现代》本"缺乏"作"士兵要"。
③ 《田家半月报》本以上四行的"它"均作"他"。
④ 《世界晨报》本"《侨声报》"作"有人"；《田家半月报》本、《民间》本、《现代》本"《侨声报》"作"侨声报"。

真可说是发寒发热①，一夕数惊，

只怕弄得不巧解回国去充军，

民脂民膏辛苦搜刮，岂不同归于尽？②

桥下的水尽管流去多少，

水还是水，桥还是桥！

三万万美金不动半根毫毛，

主人的意志把它们保护得③好好。

抗战胜利了，一了百了，

这些事何必再提到！

外汇条例马上把它们解冻，

老主人，老财主④喜得发跳。

八年的忧虑，烟散云消，

算盘珠拨拨，利息倒生了不少。

"就把这利息吃吃，⑤也好吃到老，

什么都是假的，外汇到底可靠！"

---

① 《田家半月报》本"发寒发热"作"发寒热"。

② 《世界晨报》本"？"作"。"。

③ 《现代》本"得"删去。

④ 《现代》本此处有"，"。

⑤ 《民间》本、《现代》本此处无"，"。

用飞机，用轮船，迎接我们的英雄，

历险归来，① 让胆小鬼看得眼红。

"哈哈！② 八年阔别，一旦重逢！

这世界还是我们的，老兄呀老兄！"③

一九四六年三月二十日 ④

---

①《田家半月报》本无此","。

②《田家半月报》本"！"作","。

③《现代》本诗末有"附记"："在三万万美金案发生的时候，曾经写过这样几节诗……（按：见《三万万美金的神话》）。（注）：这里所说私人云云，是因为当局在那时候声明此款并不是私人存款，故不能动用。然而著名的《美亚杂志》本年一月号中有一篇社论也曾提到此事："……中国的作者及经济学家都经常把中国描写为美国投资的最大市场。我们也这样想，不过我们是附带着条件的。可是如何中国……的领袖们具有如此的信心，认为中国是投资盈利的最有利的市场，为什么他们如此迟疑着不肯把他们自己的财产投资呢？据中国官方的数字则中国私人存在美国银行中的钱达三万万美金。而据估计如果连他们的隐藏的资产一并计算在内，这数目至少要加倍。可能达到十万万元。这一点可以表示中国的……们对于目前在中国投资工业而能获利，是并无信心的。他们觉得存在外国银行里比较安全而有利得多，否则便用来投机地产，货币，商品上。只有一个重新振作而现代化了的农业制度和民主的政治机构才能够……否则美国资本投资于中国对于中美两国人民并不能产生有利的结果。'"。

④《世界晨报》本、《田家半月报》本此处无署时；《民间》本署作"一九四六·三·廿一。"；《现代》本署作"一九四六、三、二十一。"。

今年什么顶时髦 ①

今年什么顶时髦？

是不是女人头发高？

是不是围巾红的多？

是不是海字出周报？ ②

这种事情你想不到，

不是女人头发高，

不是围巾红的多，

不是海字出周报。③

要算这事顶时髦：④

逢到开会有人闹。

三三两两进会场，

四面八方埋伏好。

---

① 此诗初刊于《世界晨报》，1946 年 3 月 27 日，又载天津《大公报》，1946 年 4 月 15 日，题作《今年什么顶时髦？》，均署名"马凡陀"。

②《大公报》本此处有注释："（注）上海流行以'海'字取名之周报。"。

③ 三联本、人文本、诗选本删去以上二节八行。

④《大公报》本"："作"；"；三联本、人文本、诗选本此行改作"今年什么顶时髦？"。

先是嘘，嘘，嘘，

再是哈，哈，哈，

你一句，我一声，

台上演讲台下吵。

性质虽然差不多，

花式倒是不一样：①

或者堂皇提质问，

或者唱支"松花江"。②

不提英国筑机场，

便骂苏联最混账，

"赤色帝国是恶魔，

我手执钢鞭将你打！"

再不然，豁虎跳，

一跳跳到讲台上：

"全体群众公推我，

①《大公报》本"："作"；"。

②三联本此处增加注释："当时国民党特务常在会场上唱'我的家在东北松花江上'，意指他们要'收复东北失地'。"；人文本、诗选本注释："当时国民党特务常在会场上唱"我的家在东北松花江上"，意指他们要"收复东北失地"，实际是要打内战。"。

我当主席你快让！"

"民主"一点掷石块，

豪爽一点动刀枪，

运气一点额上肿，

铁棍有灵中头奖。

保险丝断灯不亮，

砖头玻璃乒乒乓。

战后文化尊第一，

落花流水好文章！

一幕话剧算散场，

房东扫地泪汪汪，

完整的椅子剩几只？

数来数去只四张！

一九四六年三月二十一日 ①

---

① 《世界晨报》本此处署作"（一九四六，三，二十一）"；《大公报》本作"一九四六，三，三十一日"；
三联本署作"1946 年 3 月 21 日"；人文本署作"1946 年 3 月 21 日。"。

我们都是些滑稽角色 ①

朋友，请②停一停想想别的吧！③

不要专门想你那老一套了。④

几年来敌人糟蹋东北，

现在东北已经⑤发生了鼠疫！

鼠疫的走廊可能通到：

北平，天津，汉口，南京，

如果我们只懂得人杀人，

不懂⑥得怎样杀死细菌。

还有⑦钱塘江堤岸年久失修，

敌伪自然不管你这一套⑧。

---

①此诗初刊于《民间》第二期，1946年4月19日，署名"马凡陀"，配有漫画《海上欢乐图》。三联本、人文本、诗选本删去此诗。

②《民间》本"请"作"请你"。

③《民间》本"！"作"，"。

④《民间》本"。"作"，"。

⑤《民间》本原无"已经"。

⑥《民间》本"不懂"作"却不懂"。

⑦《民间》本此处有"，"。

⑧《民间》本"不管你这一套"作"不会去管这一套的"。

好，现在海塘快要崩裂了，
沪杭路会切断，半个浙江会完蛋！①

千万亩田地将要吞没。
那么靠天吃饭，让我们等水退吧，②
可是盐质浸过的地，
要三年种不活③一颗米！

保卫自己？我们不会，④
只会百分之百⑤附加房捐，
说是去供奉一群保卫团。⑥
不知道他们保卫了谁？

就是我们的隔壁邻省，
湖南发生了可怕的灾荒。⑦
如果政治不上轨道，不去救济，
马上有两千七百万人要死光。⑧

---

① 《民间》本以上二行原作：
可是现在海塘快要崩溃了，
沪杭路要切断，小半个浙江要完蛋。
② 《民间》本此行原作"那么，靠天吃饭，让我们等水退吧？"。
③ 《民间》本"种不活"作"种不来"。
④ 《民间》本此行原作"保卫人民？我们不会。"。
⑤ 《民间》本"百分之百"作"百分之一百"。
⑥ 《民间》本此行原作"说是给一群人添制服，"。
⑦ 《民间》本"。"作"，"。
⑧ 《民间》本"。"作"！"。

两千七百万——

如果是钱，数目也不大，

不过几条条子而已！ ①

可是这是人啊② ！

上海人口够多③ ，也不过三百万。

就是说④ 要有九个上海一起毁灭！

可是我们只会弄什么身份证！ ⑤

要这三百万⑥ 拍照，打手印！

朋友，我们都是些滑稽角色，

开开自己的玩笑都很够格。⑦

站在自然的面前是这样的低能卑屈！ ⑧

人吃人，⑨ 可就勇敢得了不得！

一九四六年三月二十六日 ⑩

---

① 《民间》本此行原作"不过一辆自备汽车罢了，"。

② 《民间》本"啊"作"呀"。

③ 《民间》本"够多"作"算是多"。

④ 《民间》本"就是说"作"等于说"。

⑤ 《民间》本"！"作"，"。

⑥ 《民间》本"三百万"作"三百万人"。

⑦ 《民间》本"。"作"，"。

⑧ 《民间》本此行原作"站在自然的面前，低能，卑屈，"。

⑨ 《民间》本此处无"，"。

⑩ 《民间》本此处原作"一九四六，三，二十二"。

致弗雷特烈君 ①

弗雷特烈·K·C·董，
他骂苏联骂得凶，
短短一封公开信，
难听的字眼十二种。

他说强盗抢人倒还好，
抢你钱财性命保，
留下衬衫和短裤，
不会叫你光身跑。

窃贼小偷最最坏，
暗中行事真混蛋。
苏联十足是小偷，
偷我东北的主权。

如果世界秩序乱，
如果中国要破产，

① 三联本、人文本、诗选本删去此诗。

这个责任那个负？
除了苏联还有谁？

这番说话多火气！
泼妇骂街差可比。
记得抗战在初期，
苏联也曾出过力。

如果我们不健忘，
苏联不是我盟邦？
盟邦尚且骂小贼。
不是盟邦怎么讲？

弗雷特烈！弗雷地！
我劝你听听王世杰，
他说史太林谈话，
我国政府同意的！

一九四六年三月二十六日

（注）《密勒氏评论报》载有弗雷特烈·K·C·董的一封信，信中用"盗窃""小偷"等字样十二个之多。——见三月二十五日《世界晨报》《嚼舌集》。

DDT[①]

DDT，DDT，

中国实在需要你！

中国蚤子最最多，

杀人吃血坏东西。

不吃富人肉，

专[②]喝穷人血，

寄生人身上，

传染疾病多危险！

只有大师林语堂，

他说外国也有的，

所以中国蚤子多，

不必声张不必急。

---

① 此诗初刊于《世界晨报》，1946 年 3 月 28 日，又载重庆《新民报晚刊》，1946 年 4 月 1 日，又载于《民主文艺》创刊号，1946 年，均署名"马凡陀"。三联本、诗选本删去此诗。人文本诗中题目及诗中所有出现的"DDT"均改作"滴滴涕"。

② 《世界晨报》本、《民主文艺》本"专"作"只"。

中国有舞弊，

外国也有的；

中国有黑暗，

外国也有的；

官僚黑市和囤积，

外国也有这一些；

就是林语堂，

美国也有呢！

DDT，DDT，

蚤子何分中和西？

只要一撮 DDT，

中西蚤子都完结。

希望我们科学家，

发明新的 DDT，

政治蚤子也能杀，

法西斯细菌都消灭！ ①

①《世界晨报》本"！"作"。"。

要把政治蚤子杀，

民主就是 DDT，

驾驶一架轰炸机，

洒遍药粉千万里。

洒在阿根廷，

洒在伊比里（注）①，

洒在你府上，

洒在我家里。

大家讲卫生，

害虫没处寄，

穷人的血液，

属于他自己。

一九四六年三月廿七日 ②

（注）伊比里指西班牙。③

---

① 《世界晨报》本、《民主文艺》本此处原无注释；人文本此处注释改为尾注："伊比里半岛指西班牙。"。
② 《世界晨报》本、《民主文艺》本此处无署时；人文本署作 "1946 年 3 月 27 日。"。
③ 人文本此处删去。

准跳舞·禁贴脸 ①

凡事都有个限度，

道德过份便罪过，

大鱼发财最安全，

小鱼揩油便贪污。

搂抱女郎把舞跳，

高尚合法好礼教。

可是不准把脸贴，

贴脸便是不法了！

从量到质质到量，

罪恶道德大两样。

抗战结束建设始，

新政第一到舞场。

（自注）南京新民报载："舞场禁贴脸跳舞实施以来，

---

① 此诗初刊于《世界晨报》，1946年3月3日，署名"马凡陀"。三联本、人文本、诗选本删去此诗。

据检查人员统计，发现尚未取缔者三十五起"。

（自批）此诗题目颇有大公报社论标题之风。

一九四六年三月二十八日 ①

---

① 《世界晨报》本此处无署时。

春天之歌 ①

上海大公报② 三月廿九日镇江电："这里有一件类似童话的新闻。镇江境内现有一百多所封存着敌伪巨量物资（如米、麦、面粉、菜籽等）的仓库，而竟无人过问。因为设备简陋，雨打风吹，仓库里的麦子生了芽，面粉霉成饼，问谁谁都说不归我管。一般人都在发出一个同样的疑问：老百姓没饭吃，国军喝盐开水，但这许多养命之源的东西，却白放在那里，听它霉坏，不拿出来作合理合法的分配，是为了什么？"

桃李花开杨柳青，
正是江南好风景！
仓库满满没人管，
麦子生芽面成饼。③

---

① 此诗初刊于《文萃》第二十五期，1946 年 4 月 11 日，又载于《风下》第五十五期，1946 年，又经晓黄谱曲，载于《新音乐月刊》第 7 卷第 2 期，1947 年 8 月 1 日，均署名"马凡陀"。三联本、诗选本删去此诗。人文本题目改作《春天的歌》。

② 人文本"大公报"增加双引号。

③《文萃》本"。"作"！"。

桃李花开杨柳青，

正是江南好风景！

湖南灾民吞树皮，

湖北灾民吃草根。

桃李花开杨柳青，

正是江南好风景！

未死百姓争民主，

发财官儿买美金。

一九四六年四月二日 ①

---

① 《文萃》本此处署作"一九四六，四，二。"。

上海之战 ①

穿军装，戴肩章，

吉普车开得风一样。②

不怕翻，不怕撞，

塌屋伤人不认账。

因为有事在前方，

因为有事在前方。

前方在哪里？

离此多少里？

前方不算远，

离此没几里。

就在隔壁弄堂里，

就在隔壁弄堂里。

---

① 此诗初刊于《世界晨报》，1946 年 4 月 8 日，署名"马凡陀"。人文本此诗顺序位于《今年什么顶时髦》与《滴滴涕》之间。

② 三联本增加注释："美军逗留中国不去，理由是'遣送日俘任务未毕'。他们在上海（别处也如此）街头经常开车伤人，辱骂中国人民。"；人文本、诗选本注释："美帝军队驻留中国不去，理由是'遣送日俘任务未毕'。他们在上海（别处也如此）街头经常开车伤人，辱骂中国人民。"

敌人是那个？

敌人在那里？

就是漂亮的李咪咪，

就是漂亮的李咪咪，

你道稀奇不稀奇？

你道稀奇不稀奇？

一九四六年四月三日 [①]

[①]《世界晨报》本此处无署时；三联本署作"1946 年 4 月 3 日"；人文本署作"1946 年 4 月 3 日。"。

请医生 ①

马医生！马医生！

请你赶快来看病，

请你马上飞得来，

这个毛病真不轻。

上次药方开得好，

吃了之后很见效，

可惜近来变了卦，

病情反复最糟糕。

不是你医生本领低，

不是我们看护坏，

只是细菌太捣蛋，

只怕你医生不怕谁。

你的说话说得对，

---

① 此诗初刊于《世界晨报》，1946 年 3 月 1 日，署名"马凡陀"。三联本、人文本、诗选本删去此诗。

"请为中国人民干一杯"
这是药，不是酒，①
这是民主真仙丹！

一七四六年四月四日②

---

①《世界晨报》本以上二行原作：
"请为中国人民干一杯！"
交杯东西不是酒，
②《世界晨报》本无署时，生活本此处日期疑印刷舛误。

王小二检举不肖房东记 ①

本市房屋恐慌极为严重，一般不肖业主，② 竟乘机高抬小费，出租房屋竟须以金条为标准，当局对此决严加取缔，昨据房屋租赁委员会负责人向华东社记者谈称：如发现有以金条订租房屋者，一经查获，决依法严办，并希本市民 ③ 一致协力检举。④ 四月九日上海《时事新报》。

王小二是一个善良的小百姓，

标准的国民 ⑤ 合法的公民，

口袋里老藏着一纸身份证。

他是齐齐路第一弄 ⑥ 第一保保民。

可是王小二这几天大伤脑筋，

为了他最近打算和女朋友结婚，

---

① 此诗初刊于《文萃》第二十七期，1946 年 4 月 25 日，又载于《民主与文化》第 1 卷第 2 期，1946 年 6 月 20 日，均署名"马凡陀"。

② 《文萃》本、《民主与文化》本此处无","。

③ 《文萃》本、《民主与文化》本、三联本、人文本、诗选本"本市民"作"本市市民"。

④ 《文萃》本、《民主与文化》本、三联本、人文本、诗选本此处有"——"。

⑤ 《文萃》本、《民主与文化》本、三联本、人文本、诗选本增加","。

⑥ 《文萃》本、《民主与文化》本"齐齐路第一弄"作"整齐路划一弄"。

他找房子已经找成了病，
那怕亭子间也要用金条来顶。

今天他发现报上登着一条新闻，
说是租房子用金条一律不准，
市民们"如发现"此等事情，
可以立刻检举，这是当局的命令。

王小二这一喜真喜得非同小可，
他想这一下我王小二有了生路。
他马上跳起来打电话给他的萝萝，
"我们决定结婚，谨订于下星期五"。

萝萝忙问道："这是什么缘故？
房子也没有找到，你不要糊涂！"
王小二说道："你快来，电话里讲不清楚，
总之，一切有把握！ ① 房子已经弄妥。"

王小二拉了爱人急急忙忙地走，
一走走到理想村门牌第九。
他曾经去看过那儿的后楼，

---

① 《文萃》本、《民主与文化》本"！"作"，"。

房东说租不租要看你金条有没有。

王小二这一回得意地揿揿门铃，

刚好是房东太太自己出来开门。

王小二问道："唉，后楼多少租金？"

房东太太道："小费在外，顶费只要两根。"

王小二笑了一笑① 摸出报纸一份。

"你看！你看！你可是瞎了眼睛？

你要是再要什么金条，② 哼，哼，哼，

我叫警察来把你关进牢门！"

"大家客气点，我介绍这位小姐姓秦，

她③ 是我未婚妻，我们准备结婚，

找房子花时间足足两月又④ 零，

现在总算解决了，赶快租给我们。"

房东太太道："两根就是两根，

你们嫌贵，不租决不要紧，

---

① 《文萃》本、《民主与文化》本此处原有"，"。

② 《文萃》本"，"作"："。

③ 《文萃》本"她"作"他"。

④ 人文本、诗选本"又"作"有"。

你想白住房子，你在发昏！
不要瞎三话四，赶快给我滚！"

王小二登时气得目瞪口呆，
一把扯住了房东太太的头发团，
说道："违反法令！你们胆敢！
我要检举你这不肖的坏蛋！"

房东太太尖着喉咙大喊救命，
"强盗呀！强盗呀！强盗杀人！ ①"
登时楼上楼下车夫娘姨来了一群，
拳打脚踢把王小二 ② 大打一顿。

当可怜的王小二醒来的时候，
看见自己睡着 ③ 白色的床，白色的被头。④
萝萝握住他绑着绷带的右手，
眼泪索索地 ⑤ 往下直流。

---

① 《文萃》本"！"作"，"。
② 《民主与文化》本"王小二"作"小二"。
③ 《文萃》本、《民主与文化》本"看见自己睡着"作"看见睡着的是"。
④ 《文萃》本、《民主与文化》本"。"作"，"。
⑤ 人文本、诗选本"索索地"作"簌簌地"。

王小二恨恨地 ① 哼 ② 了一口气，

"混账！混账！真是岂有此理！

可是，萝萝，我非常对不起你，

我们星期五的约，现在只好改期！"

一九四六年四月十日 ③

---

① 人文本、诗选本"恨恨地"作"狠狠地"。

② 《文萃》本、《民主与文化》本"哼"作"叹"。

③ 《文萃》本此处署作"一九四六，四，十四。"；《民主与文化》本署作"一九四六，四，十。"；三联本署作"1946年4月10日"；人文本署作"1946年4月10日。"。

发票贴在印花上①

发票贴在印花上,（注一）②
寇丹拓在脚趾上,
水兵出巡马路上,
吉普开到人身上。③

黄浦氽到阶沿上,
房子造在金条上,
工厂死在接收上,
鸟巢做在烟囱上。④

演得好戏我来看,
重税派在你头上,

---

① 此诗初刊于《世界晨报》,1946 年 4 月 14 日,又载重庆《新民报晚刊》,1946 年 4 月 16,题作《四强之一的奇事》,又载于《晋察冀日报》,1946 年 8 月 29 日,又载于《解放日报》,1946 年 7 月 16 日,均署名"马凡陀"。
② 三联本、人文本、诗选本"（注一）"删去,增加注释:"这是报上所载新闻标题,因为印花□贴得多,好像不是发票上贴印花,倒是印花上贴发票了。"。
③ 三联本此处增加注释:"美国水兵驾吉普车在马路上胡闹,随便杀人。";人文本、诗选本增加注释:"美国水兵驾吉普车在马路上捣乱,随便杀人。"。
④ 三联本、人文本、诗选本此处增加注释:"反动派接收工厂后,工厂都关了门。下面第四节仓库云云,指接收后国民党官僚盗卖仓库,纵火掩饰。"。

学生募捐读书钱，

教师罢工课不上。

仓库皮子一把火，

仓库馅子没去向，

廉耻挂在高楼上，（注二）①

是非扔进大毛坑。

民主涂在嘴巴上，

自由附在条件上，

议案协定归了档，

文章写在水面上。②

游行学生坐卡车，

面包装在吉普上，（注三）③

自由太多便束缚，

羊枣优待故身亡。④

脑袋碰在枪弹上，

① 三联本、人文本、诗选本"（注二）"删去，三联本增加注释："国际饭店高楼上挂礼义廉耻四字。"；人文本、诗选本增加注释："上海国际饭店高楼上挂'礼义廉耻'四字。"。

② 三联本、人文本、诗选本此处增加注释："指停战协定等均被国民党反动派撕毁。"。

③ 三联本、人文本、诗选本"（注三）"删去，增加注释："反苏游行学生由'当局'派了卡车装运，还用供给面包作为酬报之--。"。

④ 三联本此处增加注释："进步记者羊枣死在集中营里，反动派报纸还说他是受优待的。"；人文本、诗选本此处增加注释："进步记者羊枣被杀在蒋匪集中营里，反动派报纸还说他是受优待的。"。

和平挑在刀尖上，
中国命运在哪里，①
挂在高高鼻子上。②

米粮落入黑市场，
面粉救济黄牛党，（注四）③
财政躺在发行上，
发行发到天文上。

上海跳舞中国饿，
十九个省份都闹荒，（注五）④
收购军米免征粮，
树皮草根啃个光，

百姓滚在钉板上，
汉奸坐牢带铜床，
曲线软性是救国，
地上地下往来忙。⑤

---

① 三联本增加注释："影射蒋介石的《中国之命运》。"；人文本、诗选本增加注释："影射蒋贼的《中国之命运》。"。人文本、诗选本此处"，"作"？"。
② 《世界晨报》本以上二节八行原无。
③ 三联本、人文本、诗选本"（注四）"删去，增加注释："'联总'运华救济之粮食，报载有此种情形。"。
④ 三联本、人文本、诗选本"（注五）"删去，增加注释："'联总'统计。"。
⑤ 三联本、人文本、诗选本此处增加注释："汉奸带了铜床去坐牢，国民党与汉奸合作，汉奸自称曲线救国。"。

南京复员拆蓬户，

广州迎驾砖砌窗，①

力气使在市容上，②

四强之一叮叮当！

一九四六年四月十一日 ③

（注一）这是报上所载新闻标题，因为印花□贴得多，好像不是发票上贴印花，倒是印花上贴发票了。

（注二）国际饭店高楼上挂礼义廉耻四字。

（注三）据报载新闻。

（注四）"联总"运华救济之粮食报载有此种情形。

（注五）"联总"统计。④

---

① 人文本、诗选本此处增加注释："蒋贼去广州时所经马路窗口堵死，怕暗杀。南京因复员，整顿市容大拆贫民茅屋。"

② 三联本此处增加注释："蒋贼去广州时所经马路窗口堵死，怕暗杀。"

③《世界晨报》本此处署作"一九四六，四，十一"；三联本署作"1946 年 4 月 11 日"；人文本署作"1946 年 4 月 11 日。"

④《世界晨报》本全诗注释格式为：

（注）

第一行——这是报上所载新闻标题，因为印花税贴得多，好像不是发票上贴印花，倒是印花上贴发票了。

第十五行——国际饭店高楼上挂礼义廉耻四字。

第廿一，廿二行——"联总"运华救济之粮食，报载有此种情形。

第廿六行——"联总"统计。

第三十行——据报载新闻。

三联本、人文本、诗选本诗末注释均删去。

剧运的厄运 ①

娱乐捐，捐得重，

剧人吃粥剧团穷。

戏剧是文化，

民族的光荣，

怎么当② 作娱乐看？

百分之五十整得凶！

八年抗战中，

戏剧宣传也有功。

有功不赏倒要罚，

这个道理说不通。

要么道理弗必讲，

民主的意思是服从？ ③

---

① 此诗初刊于《文汇报》，1946 年 4 月 20 日，又载于《北方杂志》第 2 卷第 1、2 期合刊，1947 年 3 月 1 日，均署名"马凡陀"。三联本、人文本、诗选本删去此诗。

②《北方杂志》本"当"作"能"。

③《北方杂志》本"？"作"。"。

顶了石臼来做戏，

这个相貌好滑稽，

吃了你的肉，

剥了你的皮，

坐在包厢里，

写意不写意？

一九四六年四月十二日 ①

---

① 《北方杂志》本此处署作"一九四六，四，十二"。

特殊的算学 ①

（四月十五日正言报：湘省赈灾拾闻）

　　本省省市参议员的选举恰值善后救济总署发放赈款，于是一拍即合，衡阳县第八区区长胡子健扣发赈灾五十五万元作为贿选参议员之用。

一加一等于二，
负乘负等于正，
这是普通的算学，
但不是中国的新闻。

湖南发生了饥馑，
联总在那儿放赈，
湖南在选举参议，
参议把赈款侵吞。

---

　　① 此诗初刊于《世界晨报》，1946 年 4 月 16 日，又载重庆《新民报晚刊》，1946 年 4 月 20 日，均署名"马凡陀"。生活本此诗题作《特殊的哲学》。三联本、人文本、诗选本删去此诗。

赈灾总是 ① 不差，

选举也蛮好听。

加起来变成坏事，

说出去多么难听！

正乘正等于负，

一加一等于零，

这是特殊的算学，

最最适合国情。

一九四六年四月十五日 ②

---

① 《世界晨报》本"总是"作"总算是"。

② 《世界晨报》本此处署作"四月十五日"。

为了房子，官做些什么？ ①

为了房子，

人们闹得坐立不安，

为了房子，

人们闹得饮食无味。

为了房子，

老婆闹得哭哭啼啼，

为了房子，

丈夫闹得唉声叹气。

为了房子，

人们满街寻找，

为了房子，

人们翻遍了广告，

为了房子，

人们磕头求饶，

---

① 此诗初刊于《世界晨报》，1946年4月20日，又载重庆《新民报晚刊》，1946年4月22日，原题作《为了房子》，均署名"马凡陀"。诗选本删去此诗。

为了房子，

机关和机关打得不可开交。

为了房子，

做梦也在考虑顶费，

为了房子，

外国也在调查统计，①

为了房子，

贴封条，扯封条，

请打手，请律师，

走门路，送贿赂，

函电交驰，

抽签分赃，

头破血流，

断腿折手……

为了房子，

官做些什么？

为了房子，

他立在后花园的阳台上，

向东一指，

① 三联本"，"作"。"。

向南一指，

向西一指，

向北一指，

喝道：

"为了市容，①

拆！拆！拆！

这些房子，

都给我拆！"

一九四六年四月十八日 ②

---

① 三联本、人文本以上二行合为一行作"喝道：'为了市容，"。

② 《世界晨报》本此处署作"四月十八日"；三联本此处署作"1946 年 4 月 18 日"；人文本署作"1946
年 4 月 18 日。"。

民意和代表 ①

上海电车加价了，

参议员的主张实现了。

参议员是民意代表。

民意希望物价低，

代表希望物价高。

民意哭，

代表笑。

民意轧得滋滋叫，

电车公司乐得跳。

代表，代表，大代表！

我们民意吃不消。

最好请你代别人，

电车公司也许要。

至于我们苦民意，

多谢你们饶一饶！

一九四六年四月十九日 ②

---

① 此诗初刊于《世界晨报》，1946 年 4 月 22 日，又载重庆《新民报晚刊》，1946 年 4 月 26 日，均署名"马凡陀"。三联本、人文本、诗选本删去此诗。

② 《世界晨报》本此处署作"四，一九。"。

毛巾选举 ①

"毛巾已经送去了,选票还能远吗?"

——霜莱 ②

汽笛一声呜呜响,

保民甲民选举忙。

老爷太太懒起床,

娘姨车夫代出场。

满街军乐好悠扬,

握 ③ 旗打伞大出丧,

六尺大幅油画像,

高高绑在卡车上,

有些先生分卡片,

两寸阔来四寸长。

---

① 此诗初刊于《世界晨报》,1946 年 4 月 30 日,署名"马凡陀"。

② 人文本、诗选本删去此处题诗。

③ 人文本、诗选本"握"作"捐"。

"留学生，出过洋，

请你老兄帮帮忙！"

有些女士印照相，

烫头发，好模橡，

妇女参政古来稀，

民主政治第一椿①。

有些挨户去拜客，

恭请全区保甲长，

大鱼大肉绍兴酒，

西点咖啡罗宋汤②。

有的贴标语，

有的登广告，

有的上公园，

哗啦哗啦喊一场。

有的利用无线电，

说得自己蜜样甜，（注）③

---

① 诗选本"椿"作"桩"。

② 人文本、诗选本"罗宋汤"作"牛尾汤"。

③ 三联本、人文本、诗选本"（注）"删去，增加注释："用鲁迅先生语。"。

一张两张三四张，
空头支票整批签。

裁缝老板学演讲，
宁波绍兴打官腔。
"自己朋友好说话，
切莫误选××^①党^②！"

阿猫来头大，
阿狗有希望，
"早已圈定了，
何必去上当！"

糖果饼干效验灵，
来了一队童子军，
笛笛笛，丁丁丁，
选了才有身份证！

阿三弄不懂，
阿四缠不清，
"先生，先生，选啥人？

---

① 三联本、人文本、诗选本"××"作"共产"。
② 人文本、诗选本此处增加注释："当时发表时用'××党'代替。"。

　　阿好请侬费费心？"①

　　"今朝我们来做啥？"
　　"不是来换派司②吗？
　　派司领到好买糖，
　　面粉白布都平价"。③

　　"可惜阿拉④弗会写，
　　代书小姐劳你驾。"
　　"闭仔眼睛指一指，
　　指着啥人就是啥"。⑤

　　"到底今朝洗什么？"
　　"有人说是洗毛巾！"
　　"写我名字领一块，
　　这笔生意很公平"。⑥

　　有人说道："我不要，

---

① 人文本、诗选本增加注释："'阿好请侬费费心？'上海话，是'能不能请你费心？'的意思。"。
② 人文本、诗选本增加注释："'派司'是'证件'，指当时的身份证。"。
③《世界晨报》本、人文本、诗选本此处句号在引号内。
④ 人文本、诗选本增加注释："'阿拉'，上海话，是'我'。"。
⑤《世界晨报》本、人文本、诗选本此处句号在引号内。
⑥《世界晨报》本、人文本、诗选本此处句号在引号内。

这双袜子我嫌小，

还是请你送戏票，

先生，我要掉一掉！"

你一句，我一嘴，

叽哩咕①啦一团糟，

干事小姐声音娇，

"到底智②识太低了！"

"反对你包办！"

"包办又怎样？"

一声喊打秩序乱，

马上打碎选举箱。

传单选票蝴蝶飞，

选举选举吃耳光，

笑痛肚皮哭丧脸，

脑蛋③出血腿受伤。

一场好戏完结哉！

---

① 三联本、人文本、诗选本"咕"作"呱"。

② 三联本、人文本、诗选本"智"作"知"。

③ 人文本、诗选本"脑蛋"作"脑袋"。

铜钿① 化② 仔千千万，

总算白看弗买票，

不用税来不用捐。

主笔先生好口彩③，

"民主空气在上海

卅二区里动荡着！"④

哎唷，哎唷，邪气斩⑤！⑥

一九四六年四月廿九日⑦

（注）用鲁迅先生语。⑧

①《世界晨报》本"铜钿"作"钿铜"。

②人文本、诗选本"化"作"花"。

③人文本、诗选本"口彩"作"口才"。

④三联本、人文本、诗选本增加注释："这是报上标题。"。

⑤三联本、人文本、诗选本"斩"作"崭"。

⑥三联本增加注释："这一首里用了许多上海话。'阿好请侬费费心？'是'能不能请你费心？'的意思。'派司'是'证件'，指当时的身份证。'阿拉'是我。'邪气崭'是'非常好'。"；人文本、诗选本注释为："'邪气崭'，上海话，是'非常好'。"。

⑦《世界晨报》本此处署作"四月廿九日"；三联本署作"1946 年 4 月 29 日"；人文本署作"1946年 4 月 29 日。"；诗选本署作"一九四六年四月二十九日"。

⑧三联本、人文本、诗选本此处注释均删去。

马凡陀的山歌　续集

生活书店发行
1948 年 6 月初版

感恩 ①

感谢你，美国！

感谢你给我牙刷，

感谢你给我牙膏，

感谢你给我牙齿，

——昨天我刚补上。

感谢你，美国！

感谢你给我美军，

感谢你给我管理美军的宪兵，

感谢你给他们上岸，

——以及有时不给他们上岸。②

感谢你，美国！

感谢你给我面粉，西装，活动房子，

---

① 此诗初刊于《民间（上海）》第 5 期，1946 年 5 月 10 日，署名"马凡陀"。诗选本删去此诗。

② 三联本此处增加注释："美国水兵当时在上海时常闹事，欺侮中国人民。有时闹得太凶，不成话了，美军当局就用'禁足'的办法来暂时禁止水兵上岸肇事。但第二天又开禁了，又继续闯祸杀人。"；人文本增加注释："美帝水兵当时在上海时常闹事，欺侮中国人民。有时闹得太凶，不成话了，美军当局就用'禁足'的办法来暂时禁止水兵上岸肇事。但第二天又开禁了，又继续捣乱，随便杀人。"

感谢你还不必给我空气和阳光，

感谢你给他们借款，

——以及给我债。

感谢你，美国！

感谢你给我赫尔利，

感谢你把他调换，

感谢你给我火箭炮，运输舰，

——以及给我调解。

感谢你，美国！

感谢你老是给我些什么，

感谢你使我老是感谢你，

单单只要我们感谢你，

——而不要我给你些什么？ ①

五月二日 ②

---

① 《民间》本 "？" 作 "。"。

② 三联本署作 "1946 年 5 月 2 日"；人文本署作 "1946 年 5 月 2 日。"。

警察巡查到府上 ①

（重唱）砰砰嘭嘭，

砰砰嘭嘭，

啊！有谁敲门。

谁啊？

我呀。

你是谁？

我姓警，

啊！警察先生，

门儿开开，

请你进来。

你好呀？

好。你好呀？

好。

大家都好呀！

你在干么呀？

---

① 此诗初刊于《世界晨报》，1946 年 5 月 11 日，又载重庆《新民报晚刊》，1946 年 5 月 14 日；又载于《文萃》第三十期，1946 年 5 月 16 日，均署名"马凡陀"。三联本、人文本诗题增加注释："蒋匪帮当时在上海实行警管区制，规定警察可随时进入民房，实行特务统治。"

一　朝晨

我们刚起床，

妈妈在开窗，

婆婆在念经，

爸爸上毛房，

哥哥在看报，

姐姐上学堂，

弟弟发脾气，

妹妹在吃糖，

我给你开门。

你看我们的举动

正当不正当？

二　中午

我们在吃饭，

妈妈说菜贵，

婆婆嫌豆老，

爸爸在添饭，

姐姐吃不下，

哥哥第三碗，

弟弟吵喝汤，

妹妹要吃蛋，

我给你开门。

你看我们的行为

应该不应该？

三　半夜

我们睡觉了，

桌子睡觉了，

椅子睡觉了，

地板睡觉了，

皮鞋睡觉了，

窗帘睡觉了，

月光睡觉了，

星儿睡觉了，

我给你开门，

你看到底是谁的

自由太多了？

五月九日 [①]

[①]《文萃》本此处署作"五月九日。"；三联本作"1946 年 5 月 9 日"；人文本署作"1946 年 5 月 9 日。"。

朱警察查户口 ①

——调寄《朱大嫂送鸡蛋》②

一

半夜里敲门呀，

乒乓乒乓乒乓 ③ 敲。

朱警察查户口，

进来瞧一瞧，

咿啊 ④ 海 ⑤！

拿起了电筒四面八方照，

咿啊海！

屋角床底都照到。

桩桩件件仔细问，

噜噜苏苏，

---

① 此诗初刊于《诗歌》月刊第三、四期合刊，1946 年 5 月 6 日，又载于《世界晨报》，1946 年 5 月 18 日，又载重庆《新民报晚刊》，1946 年 5 月 21 日，又经崔牛谱曲，载于《火星》第 8 期，1948 年 6 月 15 日，均署名"马凡陀"。

② 《诗歌》本无此副标题。

③ 《诗歌》本"乒乓乒乓乒乓"作"乒乓乒乓乒乒"。

④ 人文本、诗选本诗作全部"咿啊海"中的"啊"均作"呀"，后面不再一一标注。

⑤ 《诗歌》本、人文本、诗选本诗作全部"咿啊海"中的"海"均作"嗨"，后面不再一一标注。

噜噜苏苏问端详，

咿啊海！

二

人口有几个呀？

几大又几小？

太太是元配，

小妾作备考，[①]

咿啊海！

你们的生日那[②] 一天？

咿啊海！

你们的朋友有多少？

几点钟起身几点睡？

清清楚楚，

清清楚楚来报告，

咿啊海！

三

读的什么书呀？

────────

① 三联本、人文本增加注释："户口表中规定把'妾'填入'备考'栏内。"。

②《诗歌》本、人文本、诗选本"那"均作"哪"。

看的什么报？

做的什么事？

吃的什么饭？

咿啊海！

把你们分成红白蓝，①

咿啊海！②

蓝是好人，红是坏，

白是标准糊涂蛋，

糊里糊涂，

糊里糊涂好国民，

真正好！

四

说得不清楚呀，

讲得不明白，

头发不整齐，③

相貌不堂皇，④

---

① 三联本、人文本、诗选本增加注释："警察用颜色卡片分类登记各户人口，显然是更进一步的特务统治。"。

② 《诗歌》本以上二行原无。

③ 《诗歌》本此行原作"服装不整齐，"。

④ 《诗歌》本"，"作"。"。

咿啊 ① 海！

要不是宵小叉叉叉，②

咿啊 ③ 海！

一定就是方方方，

跟我局里去一趟，

快快快快，

快快快快走 ④ 一趟，

咿啊 ⑤ 海！

五月十四日 ⑥

---

① 《诗歌》本"啊"作"呀"。

② 三联本此处增加注释："当时报上常用'××'的记号，或'□□'的记号来指进步人民，革命党派。"；人文本、诗选本增加注释："当时报上常用'××'的记号，或'□□'的记号来指进步人民，民主党派。"。

③ 《诗歌》本"啊"作"呀"。

④ 《诗歌》本"走"作"去"。

⑤ 《诗歌》本"啊"作"呀"。

⑥ 《诗歌》本此处无署时；三联本署作"1946年5月14日"；人文本署作"1946年5月14日。"；诗选本署作"一九四六年五月九日"。

施奶①

来！来！来！

你来！我来！他来！

大家一齐来！

来喝美国奶！

跑到饮奶站，

不要花铜板，

张开嘴巴来，

喝一个痛快！

人无分老幼，

地无分南北，②

美国给你吃，

美国给你穿。

---

① 此诗初刊于《世界晨报》，1946年5月8日，署名"马凡陀"。人文本、诗选本删去此诗。三联本标题增加注释："报载上海将设六个饮奶站，每日可供六千人喝。"。

② 三联本增加注释："这两句是抗战时蒋匪常用的标语。"。

美国给你住，

美国给你奶，

莫忘美国恩！

谢谢大老板！

（注）报载本市将设六个饮奶站，每日可供六千人喝。[①]

六月六日 [②]

[①] 三联本删去此注。
[②] 三联本此处署作"1946年6月6日"。

活的对死的说 ①

今天，趁七七纪念日，

活的应该去对死的说，

说"我们纪念你们！"

说"我们感谢你们！"

说"我们得有今日，

都幸亏你们！"

发国难财的，

做劫收官的，②

五子登科的，③

摇身一变的，

你们都应该去对

那些死了的说，

---

① 此诗初刊于《世界晨报》，1946 年 7 月 7 日，署名"马凡陀"。诗选本删去此诗。

② 三联本增加注释："蒋匪的'接收'被人民成为'劫收'。"；人文本增加注释，"蒋匪帮在抗战胜利后'接收'工厂企业，被人民称为'劫收'。"。

③ 三联本增加注释："'劫收'官当时'劫收''票子、金子、房子、车子、女子'，这样就产生了'五子登科'这句热语。"；人文本增加注释："'劫收'官当时'劫收''票子、金子、房子、车子、女子'，这样就产生了'五子登科'这种说法。"

去对那些

用肉身去挡住刺刀的，

用信念去阻止坦克的，

死守一个城，保卫一个村的，

烧死的，吊死的，活埋死的，

强奸了再杀死的……

去对他们说，

说"我们纪念你们！"

说"我们感谢你们！"

说"我们得有今日

都幸亏你们！"

"幸亏你们，

我们今天才能够，

挺胸凸肚，勋章累累，

微笑地接受英雄的头衔；

"幸亏你们，

我们今天才能够，

靠铁路材料，救济物品，

发几亿几千万的财，

接收仓库，汽车，洋房，女人；

"幸亏你们，

我们今天才能够，

从纳粹战犯身上

摸出金条来，

从没有缴械的敌人身上，

打出主意来；

"幸亏你们，

我们今天才能够，

让美国货来占领市场，

让我们做买办，赚佣金，

把家里的土货当眼中钉；

"幸亏你们，

我们今天才能够，

有工夫，① 用这只手，②

去打那只手

在七七神圣抗战胜利后的今天；

---

① 人文本此处"，"删去。
② 三联本增加注释："暗示当时蒋匪进攻人民。"；人文本增加注释："暗示当时蒋匪帮进攻人民。"。

"幸亏你们，

我们今天才能够，

把和平的价钱，

把一个起码生活，起码自由的价钱，

抬高得只能让他们颠起脚尖望望！"

今天，趁七七纪念日，

趁开会的时候，

向阵亡将士，牺牲同胞，

静默志哀的时候，

去对那些死了的这样说吧，

如果怕羞红了太厚的脸皮，

那么就轻轻地在心中默念吧，

说"我们感谢你们！

你们决不是白死！"①

七月七日②

---

① 《世界晨报》本以上一节四行与上面合为一节。
② 《世界晨报》本此处无署时;三联本署作"1946 年 7 月 7 日";人文本署作"1946 年 7 月 7 日。"。

送俘虏 ①

送俘虏，送俘虏，

三轮车送到情人路。

四十岁，小璐璐，

爱 Kiss②，爱跳舞，

头发黄，眼珠乌，

妈妈的爸爸是白俄。

笑迷迷 ③，假光火。

伸手探我袋，

数数钱不多，

嘴一撇，丢了我，

转身去摸上校的大白胡，④

气得我醉到地上呕呀吐。

---

① 此诗初刊于《世界晨报》，1946 年 9 月 20 日，原题作《即景》，署名"马凡陀"。诗选本删去此诗。三联本、人文本诗题增加注释："美国驻军在上海等地不走，理由是'遣送俘虏'。"

② 三联本、人文本"Kiss"作"接吻"。

③ 人文本"迷迷"作"眯眯"。

④ 三联本、人文本增加注释："美军在上海荒淫无耻，吃醋争风，酒醉闹事，侮辱中国人民。"

送俘虏，送俘虏，

三轮车送到^①情人路。

道路方向模模糊，

歪歪斜斜往前拖。

去年送，今年送，

一送送了一年多。^②

---

① 《世界晨报》本"到"作"出"。

② 人文本诗末增加署时"1946 年。"。

糊涂（儿歌）①

大人糊涂糊涂大，

小孩糊涂糊涂小。

大人糊涂闯大祸，

小人糊涂好改过。

大人喜欢打小孩，

应该自己打屁股。

---

① 此诗初刊于《世界晨报》，1946 年 8 月 18 日，署名"马凡陀"。三联本、人文本、诗选本删去此诗。《世界晨报》本诗题后无"（儿歌）"。

狗骑马（儿歌）①

狗骑马，

马骑人，

一骑骑到衡阳城。

衡阳城里闹盈盈，

人吃草，

马吃饼，

黄狗咬仔吕洞宾，

人肚里是草，

马肚里是饼，

黄狗肚里一个吕洞宾。

---

① 此诗初刊于《世界晨报》，1946 年 8 月 23 日，署名"马凡陀"。三联本、人文本、诗选本删去此诗。《世界晨报》本诗题后无"（儿歌）"。

脚踏车（儿歌）①

脚踏车，

的溜溜，

骑白马，

荡千秋，

过江河，

上高楼，

一爬爬到十三层，

一跳跳到九十九，②

一跌跌进了臭阴沟！

妈妈妈妈你别骂（儿歌）①

妈妈妈妈你别骂，

哥哥骑匹大白马，

三月三骑到八月八，

撞翻了高山碰翻了塔，

蝦蟆急得哇哇哇，

妹妹笑得哈哈哈，

小心别让爸爸听到啦②，

爸爸听到吓得地上爬！

---

① 此诗初刊于《世界晨报》，1946年8月19日，署名"马凡陀"。三联本、人文本、诗选本删去此诗。
②《世界晨报》本"啦"作"了"。

太阳一出（儿歌）①

太阳一出红又亮，

阿 Q 掮枪打东洋，

一鞠躬，

两鞠躬，②

吓得东洋投了降！③

---

① 三联本、诗选本删去此诗。

② 人文本增加注释："暗指蒋贼消极抗战。"。

③ 人文本诗末增加署时"1946年。"。

六十六岁公公（儿歌）①

六十岁公公爱放炮，

十六岁弟弟会使刀，

不种麦，

不种稻，

骑了爸爸当马跑。

---

① 三联本、人文本、诗选本删去此诗。

宝宝（儿歌）①

宝宝要吃糕，

宝宝要吃桃，

吃不到，哭呀闹。

宝宝，宝宝，你别闹！

人家的宝宝在吃草。

---

① 三联本、人文本、诗选本删去此诗。

男和女 ①

男朋友送女朋友，

美国香粉美国油。

女朋友送男朋友，

美国玻璃美国绸。

美国爱情美国愁，

生个儿子吃美国豆。②

（注）美国罐头食物中连花生豌豆都有。又俗称枪弹为
"卫生豆"。③

---

① 此诗初刊于《世界晨报》，1946 年 8 月 29 日。诗选本删去此诗。

② 三联本此处增加注释："美国罐头食物中连花生豌豆都有。又俗称枪弹为'卫生豆'。"；人文本
增加注释："美国罐头食物中连花生豌豆都有。又俗称枪弹为'卫生豆'。此诗讽刺当时美国货充斥市场，
包括美国电影等。那时崇美思想在资产阶级中很普遍。"

③《世界晨报》本此处作"（注）美国罐头食物中连花生和豌豆都有。"；三联本、人文本删去此注；
人文本诗末增加署时"1946 年。"。

"外汇放长"后的上海 ①

美钞涨，

黄金涨，

米涨菜涨开水涨，

朱葆三路涨，

南京路涨，

这也涨，

那也涨，

东也涨，

西也涨，

是东西也涨，

不是东西也涨，

只有我们可怜的法币跌了价，再把折扣打。

你们涨得凶，

薪水阶级跌得重，

你们涨得脸儿红，

薪水阶级跌得青又肿！

---

① 此诗初刊于《世界晨报》，1946 年 8 月 21 日，原题作《涨与跌》，署名"马凡陀"。三联本、人文本、诗选本删去此诗。

四不像 ①

春天不像春天，②

白天不像白天，

天亮不像天亮，

过一天好像过一年，

胜利不像胜利，

和平不像和平，

停战不像停战，

协定不像协定，

民主不像民主，

自由不像自由，

敌人不像敌人，

同胞不像同胞，

宪章不像宪章，

同盟国不像同盟国，

战犯不像战犯，

百姓倒像囚犯，

难民不像难民，

救济不像救济，

"国家不像国家"，（注一）①

殖民地倒很像殖民地，

玻璃不像玻璃，

法币不像法币，

说话不像说话，

放屁不像放屁，

指数不像指数，②

待遇不像待遇，

物价不像物价，

倒像是前世冤家，

---

① 三联本、人文本、诗选本删去"（注一）"，三联本增加注释："美军事评论家汉生·鲍尔温曾说'中国只是一个地理名词'。"；人文本、诗选本增加注释："美帝军事评论家汉生·鲍尔温曾说'中国只是一个地理名词'。"。

② 《世界晨报》本此行原作"薪水不像薪水，"。

小偷不像小偷，

强盗不像强盗，

汉奸不像汉奸，（注二）①

绑票不像绑票，②

自杀不像自杀，③

神经病不像神经病，

疯子不像疯子，人不像人，

什么东西？岂有此理！

　（注一）美军事评论家汉生·鲍尔温曾说了一句辱华的
话"中国只是一个地理名词"。

　（注二）荣案绑票竟是财主。至于汉奸不像汉奸当然是
像地下工作者了。④

------

①三联本、人文本删去"（注二）"。三联本增加注释："荣案绑票匪，竟是财主。至于汉奸不像汉奸当然是像地下工作者了。"。

②《世界晨报》本以上一节四行原作：

汉奸不像汉奸，（注二）

贪污不像贪污，

绑票不像绑票，

强盗不像强盗，

人文本、诗选本此处增加注释："当时发生一起绑票案，被劫者姓荣，匪徒传说是财主。又汉奸在抗战胜利后纷纷摇身一变而自称为'地下工作者'。"。

③三联本此处增加注释："蒋匪虐杀进步人民，到不能不公开承认时，常诬指为自杀，如于子三被杀案即是。"；人文本、诗选本增加注释："蒋贼特务虐杀进步人民，到不能不公开承认时，常诬指为自杀，如于子三被杀案即是。"。

④三联本、人文本、诗选本删去此二条注释。人文本在诗末增加署时"1946年。"；诗选本增加署时"一九四六年"。

停战 ①

十五天，

十五天，

过了一天又一天，

心中好比滚油煎！

　停呀停不停战？

　停战！停战！

　快停战！

滚油煎，

滚油煎，

逼着百姓打内战，

人吃草根马吃面！

　停呀停不停战？

　停战！停战！

　快停战！

---

① 此诗初刊于上海《联合晚报》，1946年6月15日，署名"马凡陀"。诗选本删去此诗。三联本、人文本此诗后有插页漫画。

军粮急，

灾荒遍，

石子里熬油狠命煎。

粮官投江把尸谏！

　　停呀停不停战？

　　停战！停战！

　　快停战！

我要和平，

你要战，

我哭丈夫他哭爹，

拆散人家万万千！

　　停呀停不停战？

　　停战！停战！

　　快停战！

　　　　　六月八日，停战十五天之第二日作 ①

---

　① 三联本此处署作"1946 年 6 月 8 日 停战十五天之第二日作。"；人文本署作"1946 年 6 月 8 日，停战十五天之第二日作。"。

我爱美国 ①

——仿《打倒列强歌》

我爱美国，

我爱美国，

怨自己，

怨自己，

美国玻璃顶好，

美国玻璃顶好，

大家买，

大家买。

七月廿一日 ②

---

① 此诗初刊于《世界晨报》，1946 年 7 月 21 日，署名"阿土孙"。三联本、人文本、诗选本删去此诗。

② 《世界晨报》本此处无署时。

头戴美国帽 ①

头戴美国帽,

身穿美国衣,

脚登美国鞋,

满嘴 ABC, ②

开口上帝罚,

闭口 Son of bitch, ③

梦做美国人, ④

醒来黄脸皮! ⑤

耳听美国话,

---

① 此诗载于《东北日报》, 1946 年 9 月 10 日, 题作《美国迷》, 题下有小序:

要不辞牺牲, 献身美国

　　——上海女参政员陈某语。

诗选本删去此诗。

② 《东北日报》本 "," 作 "。"。

③ 《东北日报》本 "Son of bitch" 作 "SON OF BITCH", 并有注释: "按字直译为'母狗的儿子',

发音为'森阿夫卑奇', 是美国骂人的一句口头语。正如中国人的'狗入的'一样。";三联本此处增加

注释: "杂种之意, 美国骂人语。";人文本增加注释: "'杂种'之意, 美国骂人语。"。

④ 《东北日报》本此行作 "夜作美国梦,"。

⑤ 《东北日报》本 "!" 作 "。"。

心窍美国迷，

手拿 ① 美国枪，

瞄准亲兄弟！ ②

新生活 ①

新生活，

老生活，

什么新生活！

还是老生活。

吃吃力力做生活，

劈栗拍拉吃生活。②

死不死，

活不活，

只顾你快活，

不顾我死活！③

八月十六日④

---

① 此诗初刊于《世界晨报》，1946 年 8 月 20 日，原题作《生活》，署名"马凡陀"。三联本诗题增加注释："这首诗发表在纪念'新生活运动'的时候。当时蒋匪利用'新生活运动'欺骗人民。"；人文本增加注释："这首诗发表在纪念国民党举办的压迫和愚弄人民的'新生活运动'的时候。"。

② 三联本此处增加注释："上海话'挨打'叫'吃生活'，此处暗示蒋匪进攻人民。"；人文本增加注释："上海话'做工'叫'做生活'，'挨打'叫'吃生活'，此处暗示蒋贼军队进攻人民。"。

③《世界晨报》本全诗原作：

新生活，	不顾我死活，
旧生活，	死不死，
吃生活，	活不活，
店生活，	逼得我拼个死活！
只管你快活，	

④《世界晨报》本无署时；三联本此处署作"1946 年 8 月 16 日"；人文本署作"1946 年 8 月 16 日。"。

发疯的枪 ①

一支长枪叫冲锋，

打过西来打过东，②

西打德意纳粹兽，

东打日本也英勇。

胜利和平已来到，

长枪还是挂在腰，③

流④落他乡快一年，

度日如年真难熬。

记挂家乡心悲伤，

记挂双亲老来忙，⑤

---

① 此诗初刊于《文萃》第四十三期，1946 年 8 月 15 日，又载于《晋察冀日报》，1946 年 8 月 25 日，均署名"马凡陀"。诗选本删去此诗。《文萃》本诗题下有小序："八月四日天津一美兵发疯，用冲锋枪杀死一美兵一华警，自己亦被格毙，美军向我深表歉意。"。三联本、人文本诗题增加注释："1946 年 8 月 4 日天津一美兵发疯，用冲锋枪杀死一美兵一华警，自己亦被格毙，美军向警局深表歉意。——这是当时报纸的记载。"。

② 《文萃》本"，"作"。"。

③ 《文萃》本"，"作"。"。

④ 《文萃》本"流"作"留"。

⑤ 《文萃》本"，"作"。"。

记挂爱人心冒火，
哪管妓女杨梅疮。

年纪轻轻十九岁，
狂嫖烂赌都学会，①
大瓶烈酒肚里送，
夜夜醉倒②酒排间。

一支长枪叫冲锋，
心理变态发了疯，③
口渴心烦要喝血，
没有出路往外冲。

逢人开枪见人杀，
闯下命案谁真凶？
战争结束胜利后，
可怜青年枉送终。

抱歉抱歉真抱歉，

---

① 《文萃》本"，"作"。"。
② 三联本"倒"作"到"。
③ 《文萃》本"，"作"。"。

快向自己去抱歉，①

对不起造枪工人！

对不起美国青年！

对不起纳税人民！

对不起牺牲士兵！

对不起林肯②杰弗逊！

对不起罗斯福的英灵！③

（注）八月四日天津一美兵发疯，用冲锋枪杀死一美兵
一华警，自己亦被格毙，美军向警局深表歉意。④

①《文萃》本"，"作"："。

②人文本此处有"，"。

③人文本此行改作"对不起反法西斯战士的英灵！"。

④《文萃》本无此注释；三联本、人文本删去此注释。人文本诗末增加署时"1946年。"。

难为情 ①

难为情！难为情！
中国要学菲律宾！
四强之一才一年，
落得如此真伤心。

上海有张大美报，
花旗老板牌子挺，
有时说话很公正，
批评中国不留情。

美报意见是这样：
土地问题要改良，
菲岛农民为了它，
逃进山林去扛枪。

据说总统罗哈斯，

① 此诗初刊于上海、重庆《新民报晚刊》，1946 年 8 月 13 日，又载成都、重庆《新民报晚刊》，1946 年 8 月 19 日，均署名"马凡陀"。三联本、人文本、诗选本删去此诗。

农村改革当务急，

解结不该再打结，

飞机大炮不济事。

"中国要不要学学？

我们觉得是一样。

中国要有好政府，

人民生活第一桩。

"菲岛如果学中国，

也向美国借刀枪，

这个办法行不通，

统一和平休要想。"

这是美报的言论，

不留面子不留情，

"菲岛是中国的教训"，

这话中听不中听？

（注）最近（八月六日）上海大美晚报社评《马尼拉给南京的教训》把菲律宾的土地问题，农民武装反抗政府问题和中国的问题并论。称赞罗哈斯总统最近的农村改革。认为菲岛虽小于中国，但她是中国政府的一个教训。"如果

罗哈斯学中国的样……将向华盛顿要求军事——经济之援
助。……仿照菲律宾这一做法在中国是否不可能？我们不
知道为什么不能。以军事来解决政治——经济问题，总不
是最后的解决之道。……中国须要一好政府，致力于人民
生活之基本解决。"

一胎八男说因由 ①

一胎连生八个男，
这事奇怪不奇怪？
中国人命贱如蚁，
适应需要何足怪？

需要真是多得很，
生得少了不够用。
如今一胎生八男，
用处就有这几种：

大男打仗死前方，
二男挨打死后方，
三男去吃日本炮，
四男去挨美国枪。

五男掘地觅草根，

六男观音土当饭，

七男投身当警察，

八男失踪永不回。

如果一胎生一孩。

这么多的差使怎么干？

那怕他是爱因兼斯坦①，

也没有法子干得完！②

---

① 三联本、人文本"爱因兼斯坦"作"爱因斯坦"。

② 人文本诗末增加署时"1946 年。"。

送钥匙 ①

以前送知县，

送把万民伞。

落雨好打开，

晴天太阳遮。

老死大出丧，

子孙添光彩。

时代既不同，

花式也要换。

现在送市长，

送把银钥匙。

接收起来多便当，

金库银库一齐开，

自由市民真自由，

---

① 三联本诗题增加注释："伪市参议会拍马屁把银钥匙送给市长。这种送礼物的方式，恐怕抄自美国，表示'本市大门为你而开'。当时蒋匪帮很多事情模仿美帝的风俗习惯。"；人文本增加注释："上海国民党市参议会拍卸任市长的马屁，把银钥匙送给市长。这种送礼物的方式，恐怕抄自美国，表示'本市大门为你而开'。当时反动派的很多事情模仿美帝国主义的风俗习惯。"

肥了老爷瘦了咱。

参议马屁拍得好，

参议主意打得对，

参议能把民意代，

骆驼也好穿针眼！ ①

① 人文本诗末增加署时"1946年。"。

东南西北古怪风 ①

北平开会，

捣得稀烂。

美国记者，

分享石弹。

南通血案，

青年倒霉。

执行小组，

欢迎有罪。

常州审判，

金钱包办。

国以币治，

善哉！善哉！

东也蝗虫，

---

① 此诗初刊于上海《联合晚报》，1946年6月4日，署名"马凡陀"。

西也蛀虫，
接收人员，
是母大虫。

广州作风：
蛇和黄蜂。①
言论自由，
稀勿弄懂！②

西安新政：
报馆关门。
再要出声，
一记闷棍。

住在上海，
宵小罪犯。
打成一片，
怎敌枪杆？

中华官国，

---

① 三联本此处增加注释："特务用黄蜂和蛇包装起来送到进步报社内恫吓记者。"。
② 人文本、诗选本此处增加注释："特务用黄蜂和蛇包装起来送到进步报社内恫嚇记者。'稀勿弄懂'是江南口语，即'莫名其妙'。"。

多灾多难，

大亨世纪，

万税！万税！ ①

---

① 人文本诗末增加署时"1946 年。"；诗选本增加署时"一九四六年"。

将军不带兵 ①

将军不带兵，

出洋当学生，

学得治水术，

回来救百姓。

百姓什么苦？

天灾与 ② 人祸，

天灾水与旱，

人祸人不和。

将军立船头，

海鸥声啾啾，

啾啾百姓声，

跟着船儿走。

八月廿九日

---

① 此诗初刊于《世界晨报》1946 年 8 月 31 日，原题作《送冯玉祥将军出国》，署名"马凡陀"。三联本、人文本删去此诗。

②《世界晨报》本"与"作"加"。

狗的登记和不登记 ①

登记的狗有登记的头，

登记的头上有登记的鼻头。

撒一泡登记的尿，

用登记的鼻头去嗅一嗅。

不登记的狗有不登记的头，

不登记的头上有不登记的鼻头，

撒一泡不登记的屎，

用不登记的鼻头不合法地嗅一嗅。②

---

① 此诗初刊于《世界晨报》1946 年 8 月 27 日，原题作《登记和不登记的狗》，署名"马凡陀"。人文本、诗选本删去此诗。

② 《世界晨报》本原诗如下：

登记的狗　　　　　　有不登记的头，

有登记的头，　　　　不登记的头上

登记的头上　　　　　有不登记的鼻头。

有登记的鼻头。　　　撒一泡不登记的屎，

撒一泡登记的尿，　　用不登记的鼻头

用登记的鼻头去嗅一嗅。　不合法地嗅一嗅！

不登记的狗

登记狗[1]

——仿贺绿汀《我们都是神枪手》

我们都是登记狗，
每一块铜牌都有一个号头；
我们都是哈巴狗，
少奶疼爱小姐逗。

物价贵，牛肉涨，
自有那主人去承当；
要淴浴，要体操，
自有那娘姨[2]忙。

我们生长在窝里，
每一种自由都不是我们的，
无论谁来改变它，
我们和他拼到底。

九月二日[3]

① 此诗初刊于《世界晨报》1946年9月2日，署名“马凡陀”。人文本、诗选本删去此诗。
②《世界晨报》本“娘姨”作“姑娘”。
③《世界晨报》本此处无署时；三联本署作“1946年9月2日”。

致老爷 ①

老爷，你真伟大啊！

有权，有势，有钱，有办法 ②。

我呢，是一个瘪三，叫化子。

我要吃饭，非求你不可。

我要职业，也非求你不可。

我要像狗一样活命。

也非声请 ③ 你给我批准不可。

一切都在你手掌之中。

这一杯水也是你的恩赐啊！

这样，我倒有些糊涂了。

难道你是造物主吗？

你能够把元素做出水来？

或者这世界上的水已经属于你？

而我是一无所有的，

即使是个人的尊严和人格。

①此诗初刊于《侨声报》，1946年9月19日，署名"马凡陀"。诗选本删去此诗。
②《侨声报》本"有办法"作"办法有"。
③《侨声报》本"声请"作"先声请"。

说起来这些应该属于我的了。

可是你却有权来践踏它们，

仿佛也是你的东西一样。

老爷，我以最卑屈的态度求你，

伺候你的脸色①，听你的吩咐。

你可知道奴隶的心里，

是一腔愤血，一腔恶怒！

它在蹦跳，它在嚎叫，

它在抗议，它在命令反抗，

老爷，只要再过一秒钟，

你就要被我的毒火所焚，

烧掉你的威风，你的皮和骨，你的一切！

老爷，当你看到这些顺从温和的脸色时。

你不要大意啊！

你的末日将要来临！

你的奴隶将要翻身！

九月十一日②

---

① 《侨声报》本"脸色"作"尊色"。
② 三联本此处署作"1946 年 9 月 11 日"；人文本署作"1946 年 9 月 11 日。"。

退出中国 ①
——仿《打倒列强歌》

一

退出中国，

退出中国，

回美国！

回美国！

外国顶顶不好，

外国顶顶不好，

美国好！

美国好！

二

退出战争，

退出战争，

---

① 此诗初刊于《文汇报》，1946 年 9 月 26 日，署名"马凡陀"。三联本、人文本、诗选本删去此诗。

要和平！

要和平！

战争顶顶不好，

战争顶顶不好，

和平好，

和平好。

三

退出中国，

退出中国，

回家乡，

回家乡，

家乡老婆顶好！

家乡老婆顶好！

快快跑，

快快跑。

四

退出战争，

退出战争。

美国人！

美国人！

胜利还要打仗，

胜利还要打仗，

发神经！

发神经！

海内奇谈 ①

卡车撞火车，

脑袋碰枪柄。

熊猫乘飞机，②

土匪升将军。

太太陪约翰，③

老爷拍苍蝇。④

海陆齐出动，

打烂跳舞厅。⑤

接收清查难，

副本来东京。

纳德洋人字，

---

① 此诗初刊于《文汇报》，1946 年 10 月 14 日，又载于《东北日报》，1946 年 11 月 14 日，均署名"马凡陀"。

② 《东北日报》本此处有注释："四川某地得一熊猫，国民党当局视为奇宝，以飞机载赴上海。十月十七上海文汇报有一条新闻曰：'熊猫工愁善病急于赴美修养。'"。

③ 《东北日报》本此处有注释："约翰系美国男人普通的名字。"。

④ 《东北日报》本此处有注释："是说国民党清查团的老爷们不敢打老虎，贪污的大官儿，只管拍苍蝇（小官吏）。"；三联本此处增加注释："指蒋匪帮官员招待美军。'拍苍蝇'是指当时监察机构检举贪污案，只能检举一些小案件，四大家族和大官僚不敢碰。'打老虎'和'拍苍蝇'成为当时的一句俗语。"；人文本、诗选本增加注释："前句是指蒋匪帮官员招待美军。'拍苍蝇'是指当时监察机构检举贪污案，只能检举一些小案件，对四大家族和大官僚不敢碰。'打老虎'和'拍苍蝇'成为当时的一句熟语。"

⑤ 三联本此处增加注释："蒋匪帮部队时常闹事，打烂跳舞场等。"；人文本、诗选本增加注释："蒋匪帮部队时常闹事，打烂跳舞场等。"。

查礼同胞名。

欢迎驻军多，

好打中国人。

取消黄包车，

失业去当兵。

月亮外国好，

内战我们精。

胖子搓麻将，

瘦子作赌本。①

城里捉妓女，

乡下拉壮丁。

帽子满天飞，②

尾巴背后跟。③

民主即共产，

进步反革命。④

救火加洋油，

也是调人情。⑤

胜利哭哀哀，

投降笑吟吟。

---

① 《东北日报》本此处有注释："'胖子搓麻将，瘦子作赌本'就是说大官们（胖子）打麻将，把老百姓（瘦子）的血汗作赌本。"。

② 《东北日报》本此处有注释："国民党随便加给进步人士以各种罪名如'反美分子''赤化分子'等。"

③ 《东北日报》本此处有注释："国民党特务常常尾随着人的背后，侦察行踪，像一条尾巴一样。"；三联本、人文本、诗选本增加注释："'帽子'指'红帽子'，'尾巴'指特务钉梢。"。

④ 《文汇报》本、《东北日报》本无以上二行。

⑤ 《东北日报》本此处有注释："这是说马歇尔的调停人批内战是火上加油。"；人文本增加注释："美帝国主义者假装来'调处'内战。"。

汉奸审汉奸，
百姓杀百姓。
一片祥和气，
乒乒乒乒乒。①

十月十一日②

---

① 《文汇报》本、《东北日报》本无以上二行。
② 《文汇报》本此处无署时；三联本此处署作"1946年10月11日"；人文本署作"1946年10月11日。"；诗选本署作"一九四六年十月十一日"。

美术家的难题①

②上海的新花样

听说上海要美化，

重金礼聘雕刻家——

黄浦滩头风景好，

扑通一声人跳下。③

铜像石像到处造，

种了花来又种草，

公馆门口顶要紧，

全部花园林荫道。

可惜穷人多，

衣服脏又破。

---

① 三联本删去此诗。人文本、诗选本有插页漫画。人文本、诗选本诗题增加注释："听说要请雕刻
家来美化上海市容。"

② 人文本、诗选本此处有"——"。

③ 人文本、诗选本增加注释："当时自杀的人很多。"

可惜马路坏，

窟窿无其数。

可惜阴沟塞，

下雨变大河。

可惜没条子，

当街打地铺。

可惜肚皮饿，

野鸡把人拖。

可惜失了业，

摊贩抓又捕。

可惜花旗兵，

打人胳膊粗。

可惜大麻皮，

香粉没法补。

市容复市容，

市容奈若何？

请教雕刻家，

怎样动刀斧？

造屋请了箍桶匠，

修路请了雕花匠，

老兄跷脚又驼背，

试问怎样来化装？

（注）听说要请雕刻家来美化市容。①

十月廿五日②

---

① 人文本、诗选本删去此处注。
② 人文本署作"1946年10月25日。"；诗选本署作"一九四六年十月二十五日"。

回头来想一想 ①

老兄呀老兄，无论怎样，

如果你回头来想一想，

也许一件糟透了的事情，

另一方面看来竟是幸运！

报上登载上海的小贩，

单单九月份抓去罚款，

比上月更多，有七百多万，

充公的货物堆积如山。

小贩们放声大哭，磕头求饶，

当然，执行法令，这些怎管得到！

市容和交通害在你们身上，

大都会的面子给你们坍光！

---

① 诗选本删去此诗。三联本、人文本诗题改为《充公》，并增加注释："指当时警察局时常藉口街头小贩妨碍市容，没收小贩大批货物。实际上他们却把没收的货物变卖自肥。"。人文本此诗在《美术家的难题》之前。

可是，七百多万一个号头！ ①

大批大批的玻璃柜和罐头！

老兄呀老兄，无论怎样，

如果你回头来想一想……

---

① 人文本增加注释："一个'号头'（即一个月）充公货物折款达七百万元。"。

"我们的信仰"①

只有我们相信，

只有我们崇拜，

一切老的，旧的，古的，

一切不会动的。

只有我们赞成，

只有我们喜欢，

而且放心，

对于一切过去的，属于死人的。

父亲，我们尊敬，

祖父，我们更尊敬，

曾祖，② 我们更更尊敬，③

猴子，我们的上帝。

---

① 此诗初刊于《侨声报》，1946 年 8 月 19 日，诗题作《我们的信仰》，又载于《野草》复刊号，1946 年 10 月 1 日，又载于上海《新民报晚报》，1946 年 11 月 20 日，均署名"袁水拍"。诗选本删去此诗。

② 三联本删去"，"。

③ 人文本此行作"曾祖我们更绝对尊敬，"。

我们的儿子，可怕的疑问，

我们的子孙，不堪设想。

新 ① 就是罪恶，

将来——末日。

今天以前都是对的，好的，

今天以后都是错的，坏的。

两千年以前——羲皇之世，

两千年以后——强盗暴徒。

只有我们相信，

只有我们崇拜，

我们背后的路——通天堂，

我们面前的路——到地狱。

我们举步，留在后面的一只脚

正确而合乎道德；

跨向前面的一只脚，

嫌疑犯。

---

① 《侨声报》本此处原有"，"。

只有我们相信，

只有我们崇拜，

最美的是静止，

最安全的是坟墓。

最合法的是白痴，

最革命的是倒退，

最理想的是"无"！　①

只有我们相信只有我们才对。②

---

① 人文本此行作"最理想的是奴才，"。
② 人文本诗末增加署时"1946 年。"。

洪水来临前情书 ①

我的亲爱的夫人阁下！

据我的哲学博士赛神仙告诉我，

洪水，那历史上的洪水，又要来了。

什么都要淹掉，

从平原一直淹到高山，

海浪吞没喜马拉雅山的驼峰。

漂流，漂流，什么都漂流，

整个城市在水中打旋，霎霎眼千万活人变尸首。

就是那些鸟类也再不能飞高，

只得让水舌卷去了。

我的亲爱的夫人阁下！

你别惊慌啊！

你男人怎么会遗弃你呢？

你别害怕，你尽管放心，

我已经定造了一艘兵舰，

---

① 此诗初刊于重庆《新民报晚刊》，1946 年 11 月 12 日，署名"牛克马"。三联本、人文本、诗选本删去此诗。

花旗货，百万匹马力，

一百尺厚的装甲，

一千只救命圈，

一千吨维他命丸子，

一切你所心爱的时装都装在船上。

我的亲爱的夫人阁下！

我们的厨师阿二和你的娘姨，

自然要叫他们继续在船上服务，

包你什么都不愁缺少。

而且那一幅洪水奇趣图，

比你喜欢的好莱坞电影还动人呢，

你和我躺在甲板的软椅上欣赏欣赏，

那是多么的开怀啊？

也许就差一个凑趣的家伙来拍手，

也许我百忙中忘记带他。

十一月八日

一步难一步 ①

妥协容易抗战难，

抗战容易胜利难，

胜利容易谈判难，

谈判容易停战难，

停战容易国大难，

国大容易像样难，

像样容易民主难！

十一月十六日

① 三联本、人文本、诗选本删去此诗。

肥胖的上使 ①

那肥胖的上使 ② 又来巡查了，

像工头监视他手下的小工，

拿着一支无形的皮鞭，

从我们背后轻轻地走来。

看我们有没有疏忽工作，

懈怠或者和旁坐的人闲谈，

如果给他发现了，

那还不是等于抓到小偷吗？

小偷是必须惩罚的，

工作马虎也得重办呀！

吃他的饭，就得做他的事，

这是天然的宪法第一条。

---

① 三联本、人文本诗题改作《胖胖的上司》。诗选本删去此诗。

② 三联本、人文本"上使"作"上司"。

那肥胖的上使^①又来巡查了，

我被他发现在打哈欠，

打了一半，我赶快阖住嘴巴，

装作从未打过哈欠一样。

可是耳目灵敏的他，

已经发现我，

他瞪眼向我，

像要吞噬我似的。

肥胖的他过去也是瘦子，

也是给上使^②监视的小工啊，

所以他懂得小工的种种诡计，

譬如偷偷的^③打哈欠。

十一月十七日^④

---

① 三联本、人文本"上使"作"上司"。
② 三联本、人文本"上使"作"上司"。
③ 人文本"的"作"地"。
④ 三联本此处署作"1946 年 11 月 17 日"；人文本署作"1946 年 11 月 17 日。"。

咬的秩序 ①

皇帝咬大臣，大臣咬百姓；

一品咬二品，二品咬三品；

特任咬简任，简任咬荐任；

老板咬伙计，伙计咬练习生；

大房东咬二房东，

二房东咬王先生，

王先生回家咬老婆，

老婆把小孩打一顿。

他咬你一口，咬得血淋淋；

你咬我一口，痛得我发昏；

我咬他一口，让他去喊救命；

咬不着的，请咬自己的头颈。

---

① 此诗初刊于重庆《新民报晚刊》，1946 年 11 月 18 日，署名 "牛克马"。

忠、孝、仁、爱、信、义、和平，①

四维八德，美国圣经，

那②怕上帝的老子签字盖章证明，

都比不上我这个咬的秩序真！

十一月十八日③

---

① 人文本、诗选本增加注释："这是蒋贼提倡的'新生活'的信条。实际上一方面是欺骗人民，另一方面是要人民作奴才。"。

② 人文本"那"作"哪"。

③ 三联本此处署作"1946年11月18日"；人文本署作"1946年11月18日。"；诗选本署作"一九四六年十一月十八日"。

阿 Q 的大便 ①

阿 Q 过节吃坏了肚皮，

当街屙了一堆大便。

街上的人连忙躲避，

个个把鼻子遮掩。

阿 Q 怪不好意思，

可又想不出别的法子。

小 D 和孔乙己一起笑他，

丢光了他的绅士面子。

未庄的英雄下不了台。

一脸的尴尬，十分为难。

最后他想起了他的口才，

于是把大道理讲了一番：

"我的大便有玫瑰般香，

① 此诗初刊于上海《联合晚报》，1946 年 11 月 25 日，署名 "马凡陀"。诗选本删去此诗。三联本、人文本有插页漫画。

和你们凡人一概两样。

仁者见仁，智者见智，

成问题的是你们自己的鼻子！

"我的大便赛过麝香，

法国的夜巴黎^① 也难比得上。

以小人之鼻闻君子，

出毛病的是你们自己的鼻子！

"我的大便越陈越香，

在古代曾经进贡过皇后娘娘。

今天诸位如果不大相信，

将来自有历史可以证明！"^②

十一月廿五日^③

---

① 人文本"的夜巴黎"作"香水"。

② 三联本此处增加注释："张君劢向记者发表参加'政府'的理由和'苦衷'说'将来自有历史可以证明！'"；人文本增加注释："'第三方面'张君劢向记者发表参加'政府'的理由和'苦衷'，说'将来自有历史可以证明！'关于政局则'仁者见仁，智者见智'。"。

③ 三联本此处署作"1946 年 11 月 25 日"；人文本署作"1946 年 11 月 25 日。"。

公务员呈请涨价 ①

窃查职等薪水，

本属微② 薄可怜。

迩来物价波动，

人价益见低廉。

上次公用事业，③

邮电交通煤炭，

一致上涨数倍，

业经实行在案。

当时钧座表示，

职等公教人员，

亦将调整薪水，

① 此诗初刊于上海《联合晚报》，1946 年 12 月 25 日，又载桂林《文艺生活》光复版第十一、十二期合刊，1947 年 1 月，又载于《书报精华》第 25 期，1947 年 1 月，又载于《大公报》(天津)，1947 年 1 月 20 日，又载于《田家半月刊》第十三卷第十四期，1947 年 2 月 15 日，又载于《建国漫画旬刊》试办第 3 期，1947 年 6 月 1 日，均署名"马凡陀"。

② 《文艺生活》本"微"作"徽"，疑印刷舛误。

③ 《书报精华》本、《文艺生活》本"，"作"："。

千倍再加廿万。

孰意空言安慰，

说过也就忘怀，

物价高涨是实，

加薪尚在开会。①

职等吃亏不②小，

钧座信用攸关③，

所谓名誉要紧，

威信岂可破坏④。

金价卅万出关，

煤球卖到两万，

职眷既非巧妇，

生米⑤难煮熟饭。

样样东西涨价，

只有薪水跌价，

为此呈请照加，
折扣不可再打。

通货膨胀不休，
等于无形税收，
剥皮抽筋熬油，
钧座何其辣手？

用特哀告泣陈，
眼泪鼻涕齐来，
职等变成饿鬼，
岂是钧座所快？ [①]

伏祈准予涨价，
恭喜钧座发财，
武的不死文加官，
万税！万税！万税！

十二月廿五日 [②]

---

　① 人文本、诗选本删去以上一节四行。
　②《书报精华》本无署时，有标注"选自《联晚夕拾》"；《田家半月刊》本《文艺生活》本此处无署时。三联本此处署作"1946 年 12 月 25 日"；人文本署作"1946 年 12 月 25 日。"；诗选本署作"一九四六年十二月二十五日"。

叩一个头 ①

叩一个头，

吞一口饭，

咽一滴眼泪，

短一天命。

---

① 此诗与《铁丝网围在四周》《贫贱的无法和富足的说话》《用笑声去阻止刀斧吗？》《是的，一口咽不下去的怨气》合以《偷活集》（上）为题刊载在上海《联合晚报》，1947 年 1 月 4 日，署名"酒泉"。三联本、人文本、诗选本删去此诗。

铁丝网围在四周①

铁丝网围在四周，

卫兵排列②在门口，

刀出鞘，

枪在手，

威风，庄严！

高墙深沟，

大亨在里头喝酒。③

---

① 此诗与《叩一个头》《贫贱的无法和富足的说话》《用笑声去阻止刀斧吗？》《是的，一口咽不下去的怨气》合以《偷活集》（上）为题刊载在上海《联合晚报》,1947 年 1 月 4 日,署名"酒泉"。三联本、诗选本删去此诗。

② 人文本"排列"作"分列"。

③ 人文本诗末增加署时"1946 年。"。

神话 ①

这是一种特别的生意，

说给谁听，谁都觉得稀奇。

可是这原是无奇不有的国度，

谁说得定明天女人不生胡须？

东隔壁火烧，西隔壁发跳，

隔壁第三家爬上阳台看热闹。

救火车开来了七七四十九辆，

太平龙头可惜还没有找到！

近来火神菩萨也赶时髦，

不讲法币，只讲金条，

要烧就烧，要不烧就不烧。

橱门劈开，口袋塞饱。

---

① 此诗初刊于上海《联合晚报》，1947 年 2 月 6 日，署名"马凡陀"。诗选本删去此诗。三联本诗题增加注释："蒋匪帮统治时期，上海的救火会遇到火警时，竟强索金条作救火代价。否则不救火，甚至趁火打劫一番。末一句是暗示匪军进攻人民。"；人文本增加注释："蒋匪帮统治时期，上海的救火会遇到火警时，竟强索金条作救火代价。否则不救火，甚至趁火打劫一番。末一句是暗示蒋贼反共，进攻人民。"。

这是一种平常的生意！

说给谁听，谁都不觉得稀奇！

靠水吃水，靠火吃火，

靠杀人过日子的也有的是哩！　①

报载有吞墨水十二瓶自杀未遂者 ①

失败了！失败了！
在人生的戏场上。
既不能顺从得像一只羊，
也不能强横得像一只狼。

没有鸿图大志，
也不甘吃饭拉屎，
没有学得残忍凶狠，
也没有学得厚皮无耻。

失败了！失败了！
在人生的战场上。
只怪你保持着生的欲望，
只怪你到今天才绝望！

只怪你居然也结婚生孩子，

---

① 此诗初刊于重庆《新民报晚刊》，1946年12月6日，署名"酒泉"。诗选本删去此诗。三联本诗题增加注释："报载有人吞墨水二十瓶及以钢笔尖刺肚脐自杀未遂。"人文本增加注释："报载有人吞墨水十二瓶及以钢笔尖刺肚脐自杀未遂。"

梦想也像别人一样生活，

只怪你连安眠药也买不到，

没有办法到这般田地！

终于发现了赖以生活的墨水，

也可以结束你的生涯，

那是何等的可笑啊，

用钢笔尖刺肚脐寻死！

失败了！失败了！

在人生的屠场上，

竟然比不上一头牛，

能够安然挨一刀。

失败了！失败了！

在人生的妓院里，盗窟里，

竟然连自杀都没有成功！

连自杀都失败了啊！　①

（注）报载有人吞墨水十二瓶及以钢笔尖刺肚脐自杀未

遂。②

---

① 人文本诗末增加署时"1946年。"。

② 三联本、人文本此处注解删去。

大胆老面皮 ①

大胆老面皮，

美军坏东西，

杀人又强奸，

蛮横不讲理。

臧大二子 ② 程永芳，

死的死来伤的伤，

强奸北平女学生，

无耻暴行多一桩。

都市里，

你们的拳头逞强。

战场上，

你们的军火猖狂。

你们的军人，

强奸我们女人；

---

① 此诗初刊于《文萃》第二年十四期，1947 年 1 月 9 日，原题作《害人精》，署名"马凡陀"。

② 人文本、诗选本此处有"，"。

你们的政府，

强奸我们的 ^① 内政。

中国人民要的是和平，

你们偏要我们把内战进行；

中国人民要的是民主，

你们偏要我们当殖民地畜牲。

反对新的帝国主义！

反对新的军国主义！

反对新的法西斯蒂！

难道有人想做希特勒的承继？

退出中国！

这是中国人民的呼声！

退出中国！

这也是美国人民的呼声！ ^②

美军呀美军！

赶快回家门。

中国要和平，

不要害人精！ ^③

---

① 《文萃》本原无 "的"。

② 《文萃》本此行原作 "这是中国人民的呼声！"。

③ 人文本诗末增加署时 "1946 年。"；诗选本署作 "一九四六年"。

上海之冬 ①

我敲遍千万扇门，

每一扇门关得紧紧，

每一扇门里都有人，

没有我的份。

我找遍千万只饭碗，

每一只饭碗都抓得牢牢，

每一只饭碗有几个人依靠，

提防别人抢掉。

四面八方的人朝上海挤，

一块木板漂在海里，

冬天到，北风起，

一天冻死几百几？

我问遍千万个人，

---

① 此诗初刊于重庆《新民报晚刊》，1946 年 12 月 5 日，署名"牛克马"。三联本删去此诗。

在中国谁是快乐而自由的？

回答我的是无声！

回答我的是哭声！

十二月五日 ①

① 人文本此处署作"1946 年 12 月 5 日。"；诗选本署作"一九四六年十二月五日"。

送旧迎新 ①
——一九四六年的十二个月

正月茶花朵朵开，
政治协商开大会，
和平停战从此始，
民主自由人人爱。

二月李花喷喷香，
物价好像② 飞样涨，
买办官僚横财发，
只有百姓顶遭殃。

三月牡丹香风送，
和平条文一梦中，
文戏武剧把民主打，
刚出娘胎就送终。

四月杏花花正好，

调人赶快来吊孝，①
劝架该把双方劝，
如此劝架一团糟。

五月石榴火样红，
警管区制又发动，
人分三种红蓝白，
一等良民糊涂虫。

六月荷花满池开，
谈谈打打打打谈，
赶路早晚要歇脚，
停手磨刀刀更快。

七月菱花水面开，
老虎那怕苍蝇拍，
接收容易清查难，
马马虎虎就算完。

八月桂花千里香，
不准说话不准想，
月亮里点灯空挂名，

---

① 人文本、诗选本增加注释："指美帝国主义者当时不制止反动派打内战，反而责备中国共产党，假装调解，实则指使蒋贼反共。"。

人民自由有保障。

九月菊花黄又黄，
拉丁征粮急忙忙，
妻小上吊爹娘死，
家家户户哭断肠。

十月芙蓉不怕霜，
国货难和洋货抗，
东洋去了西洋来，
平等美名来通商。

十一月松竹碧油油，
一面开会一面动手，
代表诸公嘻嘻笑，
百姓肚里个个愁。

十二月腊梅过年关，
饿死冻死千千万，
送了旧年迎新年，
但愿和平民主来。①

---

① 人文本诗末增加署时"1946年12月。"；诗选本署作"一九四六年十二月"。

一九四七年 ①

---

① 此处依三联本，生活本、人文本、诗选本无。

民国卅五年的回顾和民国卅六年的展望 ①

今天!

兄弟!

感觉!

非常之,

荣幸!

就是,

能够,

和诸位!

讲!

几句话! ②

---

① 此诗初刊于《书报精华·副刊》第 3 期,1947 年 1 月 15 日,原题作《民国三十五年的回顾和对民国三十六年的展望》,署名"马凡陀"。人文本、诗选本诗题改作《民国三十五年的回顾和民国三十六年的展望》。三联本、人文本、诗选本有插页漫画。

② 《书报精华》本此节原作:

今天!

兄弟!

感到非常荣幸!

能够!

和各位!

讲几句!

话!

今天!

兄弟!

讲话的,

题目! ①

就是! ②

③ 民国三十五年的,

回顾!

和!

④ 民国三十六年的,

展望!

今天!

我们!

这个,

三十五年,

民国! ⑤

三十五年! ⑥

---

① 《书报精华》本以上二行原为一行:"讲话的题目!";人文本、诗选本此处"!"作","。
② 人文本、诗选本"!"作","。
③ 《书报精华》本此处原有"对"。
④ 《书报精华》本此处原有"对"。
⑤ 人文本、诗选本"!"作","。
⑥ 人文本、诗选本"!"作","。

已经过去！ ①

我们！

今天！

开始了，

民国三十六年！

民国三十，

呃六年！

是和民国三十五年，

不同！

非常很多，

不同， ②

---

① 《书报精华》本此节原作：
今天！
我们！
已经！
这个，
三十五年，
民国三十五年！
已经过去！
② 《书报精华》本此节原作：
我们！
开始了！
民国三十六年！
民国三十六年是！
和民国三十五年，
不同的！
非常很多不同！
人文本、诗选本此处 "，" 作 "！" 。

我们!

今天!

要知道!

必须认识!

清楚!

民国三十五年,

和民国三十六年,

的不同!

和这个分别,

的地方? ①

今天!

我们!

必须乐观!

而不能, ②

悲观!

---

① 《书报精华》本以上五行原作:

民国!

这个,

三十五年,

和三十六年的,

不同和分别!

人文本、诗选本此处"?"作"!"。

② 《书报精华》本","作"!"。

此外！

我们！

今天！

必须廉洁！

奉公守法！

为！

国民的根本！

这个道理！

正确的思想！

呃，

思想应该！

正确！

集中！　①

呃——嘿！

今天！

---

①《书报精华》本自"为！"到本节末原作：
守法！
为！
国民的，
根本！
这个道理，
正确的！
思想！
呃，
应该正确！
集中！

我们！

兄弟！

为了节约！

诸位的！

宝贵光阴！

时间！

呃，

这个，

今天的讲话，①

就算，

这个，

告一段落！②

希望！

诸位！

从！

---

① 人文本、诗选本"，"作"！"。
② 《书报精华》本此节原作：

呃，	呃，
今天！	这个！
我们！	今天的，
兄弟！	讲话！
为了！	就算，
节约各位的，	这个，
宝贵！	告一段落！
时间！	

民国三十五，

呃，六年起！

立刻！

痛下！

决心！

身体！

力行！

不可！

阳奉！

阴违！

兄弟！

希望！

呃！

完了！　①

（鼓掌）②

_____

①《书报精华》本此节原作：

希望各位！　　　　身体！

从！　　　　　　　力行！

民国三十六年起！　兄弟！

立刻！　　　　　　希望！

痛下！　　　　　　呃，

决心！　　　　　　完了！

②《书报精华》本此处"（鼓掌）"原无；人文本诗末增加署时"1947 年 1 月。"；诗选本署作"一九四七年一月"。

关金票 ①

关金票，乌鸦叫， ②
十元法币没人要， ③
二百五关金作五千，
五百关金万元票。

关金票，不得了！
物价高涨没处逃。
钞票越多越难过，
钞票越多钱越少。

关金票，三上吊，
百姓急得双脚跳， ④

失业欠债又生病。①

马路上尸首瞧也没人瞧！②

关金票，哈哈笑，

哭归哭，笑归笑，

十八层地狱刀对③刀，④

十八层高楼打中觉！⑤

---

①《书报精华》本、《华西晚报》本、人文本、诗选本"。"作","。

②《大公报》本"！"作","。

③《大公报》本、《书报精华》本、《华西晚报》本"对"作"碰"。

④三联本此处增加注释："暗示内战。"；人文本、诗选本增加注释："指内战"。

⑤《大公报》本此处标注："（文联四八一）"；人文本、诗选本此处增加注释："午睡。"。人文本诗末增加署时"1947年。"；诗选本署作"一九四七年"。

文汇报 ①

开门七件事，

如今多一件。

不看文汇报，

心中不自然。

九岁小报贩，

圆圆的苹果脸，

清早跑弄堂，

呱啦嗓子尖。

"文汇报！

文汇报！

文汇报要哦？"

放下稀饭碗，

开门又摸钱，

---

① 此诗初刊于上海《联合晚报》，1947年1月26日，署名"马凡陀"。三联本、人文本、诗选本删去此诗。

报纸接到手，
标题看在先。

好消息？坏消息？
是喜是愁？是苦是甜？
逆浪使好人气愤，
怒潮使恶人吃惊。

"文汇报！
文汇报！
文汇报要哦？"

声音！
声音！
你带来了上海的朝晨。

可是最近几天，
文汇报老是不见，
小报贩嗓子也低低的，
他说罢工了，发不出钱。

开门七件事，
如今缺一件。

本埠外埠的读者，

大家都疑虑挂念！

"文汇报！

文汇报！

文汇报要哦？"

声音！

声音！

我们要这声音！

一月廿六日

自杀新法 ①

红头火柴，有钱没处买；

安眠药水，医生签字难；

烟土大贵，金子四十万；

麻绳嫌痛，刀子不好挨；

黄浦水冷，虽则没有盖。

如果投机蚀本，失恋失爱，

请向××航空公司接洽。②

机会易③得，保险完蛋！

一月廿九日 ④

---

① 此诗与《坐的是飞机》合题作《马凡陀山歌》,载于上海《联合晚报》,1947 年 2 月 8 日,又与《猪》合题作《马凡陀山歌》,载于《书报精华》第 26 期, 1947 年 2 月 15 日, 均署名"马凡陀"。三联本、人文本、诗选本删去此诗。

②《书报精华》本"。"作","。

③《书报精华》本"易"有双引号。

④《书报精华》本此处无署时。

坐的是飞机 [①]

坐的是飞机，

碰的是运气，

活，还是死，（音西）

要看天气。

一月卅一日

---

① 此诗与《自杀新法》合题作《马凡陀山歌》，载于上海《联合晚报》，1947 年 2 月 8 日，署名"马凡陀"。三联本、人文本、诗选本删去此诗。

拆洋烂污 ①

踏上毛坑脱下裤，

拆了一泡洋烂污。

"臭的是毛坑，香的是污；

你的理屈，我的理多。"

拍拍屁股跑，

放个起身炮：

"毛坑不好，草纸不好，

只有我的污顶好。②"

真的走了，

倒也罢了——

嘴里的肉，

呙，呙，呙，吐不了！

一月卅一日

---

① 此诗与《破裂》合题作《诗二首》，载于《文萃》第二年第十八期，1947年2月6日，署名"马凡陀"。三联本、人文本、诗选本删去此诗。

② 《文萃》本"。"作"！"。

老母刺瞎亲子目 ①

大雪落纷纷，

河里结了冰，

打完国仗又打自己人。

抽丁抽不到有钱人，

抽到我孩儿二十零啊！

叫天天不应，

叫地地不灵，②

求人人无情，

眼泪哭干怕天明，

天明我孩儿要起程啊！

---

① 此诗初刊于上海《联合晚报》，1947年2月5日，又载于《书报精华》第26期，1947年2月15日，又载于《群众》第9期，1947年3月27日，又经嘉工谱曲，改诗题为《他们不要瞎子去当兵！》载于《新音乐月刊》第6卷第4期，1947年3月，又载于《军大导报》第134期，1949年3月7日，均署名"马凡陀"。《书报精华》本、《群众》本诗末注原为诗前小序；人文本、诗选本又改作小序，并修订为："导墅区永新乡梅家村农民因被征兵，其母乘子不备时，刺其双目，顿即失明。（上海《文汇报》一月七日丹阳通信）"。

② 《群众》本以上二行作：

叫天不应，

叫地不灵，

趁我孩儿睡，

四邻没人声，

我的孩儿啊，

莫怪你娘心太狠，

莫怪你娘心太狠啊！

拿起了铜针^①，

铜针^②儿两根，

刺进我孩儿的眼睛！

一声惨叫鲜血喷！

孩儿啊！他们不要瞎子去当兵！

（注）③上海《文汇报》一月七日丹阳通信：导墅区永新乡梅家村农民因被征兵，其母乘子不备时，刺其双目，顿即失明。

二月五日^④

---

① 三联本、人文本、诗选本"铜针"作"钢针"。
② 三联本、人文本、诗选本"铜针"作"钢针"。
③ 三联本删去"（注）"，保留内容。
④《书报精华》本、《群众》本无署时；三联本此处署作"1946年2月5日"；人文本署作"1947年2月5日。"；诗选本署作"一九四七年二月五日"。

老虎，苍蝇，羔羊 [①]

拿起苍蝇拍，

要把老虎拍。

既然没老虎，

叫我如何拍？

拿起苍蝇拍，

要拍小苍蝇，

苍蝇转个身，

飞得没踪影。

拿起打虎棍，

瞄呀瞄得准，

拍喇一声响，

羔羊当牺牲！ [②]

---

① 诗选本删去此诗。人文本诗题增加注释："讽刺当时惩办贪污分子，大官轮不到，小百姓反而受诬。"。

② 人文本诗末增加署时"1947年。"。

万税 ①

这也税，那也税，

东也税，西也税，

样样东西都有税，

民国万税，万万税！

最近新税则，

又添赠予税。②

既有赠予税，

当然还有受赠税。

贿赂舞弊已公开，

不妨再来贿赂税，和舞弊税。

强盗和小偷，

恐怕也要缴盗窃税。

---

① 此诗初刊于《大家》创刊号，1947 年 4 月 1 日，又载于《书报精华》第 29 期，1947 年 5 月 15 日，均署名"马凡陀"。《大家》本、三联本、人文本、诗选本均有小丁作图的漫画。

② 人文本、诗选本增加注释："国民党反动派发明不仅做买卖要抽税，连赠送礼品，也要抽税。"。

实在没办法，

还好加几种：

抽了所得税，

再抽所失税。

印花税，太简单，

印叶印枝也要税。

交易税不够再抽不交易税，

营业税不够再抽不营业税。

此外，抽不到达官贵人的遗产税和财产税，

索性^①再抽我们小百姓的破产税和无产税！^②

---

① 《大家》本此处原有"，"。

② 人文本诗末增加署时"1947年。"；诗选本增加署时"一九四七年"。

人咬狗 ①

忽听门外人咬狗，

拿起门来开开手。

拾起狗来打砖头，

反被砖头咬一口！

忽见脑蛋 ② 打木棍，③

木棍打伤几十根，

抓住脑蛋 ④ 上法庭，

气得木棍发了昏！ ⑤

---

① 此诗与《活不起》《上司下司》《关店》合题作《诗四首》,载于上海《联合晚报》,1947 年 2 月 26 日,组诗又载于《书报精华》第二十七期, 1947 年 3 月 15 日, 均署名"马凡陀"。

② 三联本、人文本、诗选本"脑蛋"作"脑袋"。

③ 三联本、人文本、诗选本此处增加注释:"指当时特务在人民的集会上打人,警察反把被打的人送往法庭。"。

④ 三联本、人文本、诗选本"脑蛋"作"脑袋"。

⑤ 人文本诗末增加署时"1947 年。";诗选本增加署时"一九四七年"。

活不起 ①

要吃饭，吃不② 起；

要穿衣，穿不起；

要坐车，坐不起；

要租房子，顶不起③；

养小孩，养不起；

爹娘死了④，棺材买不起；

乡下难过活，城里住不起；

活不起呀，死不起！

一半薪水扣预支，

一半薪水还老李，

---

① 此诗原题作《活弗起》，与《人咬狗》《上司下司》《关店》合题作《诗四首》，载于上海《联合晚报》，1947 年 2 月 26 日，组诗又载于《书报精华》第二十七期，1947 年 3 月 15 日，均署名"马凡陀"。此诗经董源谱曲，先后刊载于《新音乐月刊》第六卷第五期，1947 年 4 月、《老乡》第一卷第三期，1947 年 5 月 15 日、《大众呼声》第一期，1948 年。诗选本删去此诗。

② 《联合晚报》本、《书报精华》本此诗中的"不"均作"弗"，后面不再一一标注。

③ 《联合晚报》本、《书报精华》本"顶不起"作"租弗起"。

④ 《联合晚报》本、《书报精华》本"爹娘死了"作"死了人"。

剩下一个零头带家里，^①

去买火油^②，还是去买米？^③

①《联合晚报》本、《书报精华》本此行原作"剩下零头带回家里。"。

②《联合晚报》本、《书报精华》本"火油"作"洋油"。

③ 人文本诗末增加署时"1947 年。"。

学费①

学费，学费，

贵勒邪气！

阿拉缴弗起，

侬亦缴弗起。

卖脱狄件袍子，

卖脱侬格大衣，

还差十七万七千几。②

二月六日③

---

① 此诗与《撤退和瓜代》《走马灯》合题作《诗三首》载于《人间世》复刊第一期，1947年3月20日，署名"马凡陀"。诗选本删去此诗。三联本诗题增加注释："用的是上海话，'贵勒邪气'是'很贵'。'阿拉'是'我'。'侬'是你。'狄件'即'这件'。"。

② 人文本此处增加注释："这篇用的是上海话，'贵勒邪气'是'很贵'。'侬'是'你'。'狄件'即'这件'。"。

③ 三联本此处署作"1947年2月6日"；人文本署作"1947年2月6日。"。

撤退和瓜代 ①

撤退！撤退！

去了又来！

去了一千，

来了一万！

瓜代！瓜代！

什么瓜？什么代？

把我们中国人，

当傻瓜，当混蛋 ②！ ③

---

① 此诗与《学费》《走马灯》合题作《诗三首》载于《人间世》复刊第一期,1947 年 3 月 20 日,署名"马凡陀"。诗选本删去此诗。三联本、人文本诗题增加注释:"美军时常声言撤退了多少,结果越撤越多。有时他们来了新的军队,就欺骗外界说是瓜代换防。"。

② 人文本"混蛋"作"糊涂蛋"。

③ 人文本诗末增加署时"1947 年。"。

走马灯 ①

走马灯，

闹盈盈。

出的出，

进的进。

前门跨出，

后门跨进。

北平欢送，

青岛欢迎。

哪个 ② 看得肚子里不高兴，

那一定是他的眼睛有毛病，

---

① 此诗与《学费》《撤退和瓜代》合题作《诗三首》，载于《人间世》复刊第一期，1947 年 3 月 20 日，后经鲁樾谱曲，载于《歌讯》第 2 期，1947 年，并载于《新音乐月刊》第 6 卷第 6 期，1947 年 6 月 1 日，均署名"马凡陀"。诗选本删去此诗。三联本、人文本诗题增加注释："这一首也是指美军口头上说战争结束了，他们要撤退了。结果他们从北平撤到了青岛，又从青岛撤到了上海。假装撤退，实际驻军越来越多。"。

② 人文本"个"作"一个"。

要不就是他的肚子——

吓！有政治背景。①

一九四七年二月②

---

① 《人间世》本"。"作"！"

② 《人间世》本署作"一九四七、二月"；三联本署作"1947年2月"；人文本署作"1947年2月。"。

不明白 ①

一

不明白！

不明白！

为什么不明白？

为什么还是不明白？

二

骂也挨，

打也挨，

是疯还是癫？

---

① 此诗初刊于《文萃丛刊》第三期，1947 年 4 月 20 日，署名"酒泉"。诗选本删去此诗。《文萃丛刊》本全诗无各节"一""二""三"等小标题，诗前有序："四月十四日文汇报《苏北纪行》载，某师长表示：'京沪线上都不宜驻兵，因为繁华地方往往会影响士兵的情绪，现在的兵都是糊涂的，老实说，他们明白了，那还愿意打仗？'"。三联本诗题增加注释："一九四七年四月十四日文汇报《苏北纪行》载，某师长表示：'京沪线上都不宜驻兵，因为繁华地方往往会影响士兵的情绪，现在的兵都是糊涂的，老实说，他们明白了，那还愿意打仗？'"。人文本增加注释："一九四七年四月十四日《文汇报》《苏北纪行》载国民党匪军某师长表示：'京沪线上都不宜驻兵，因为繁华地方往往会影响士兵的情绪，现在的兵都是糊涂的，老实说，他们明白了，那还愿意打仗？'"

是痴还是呆？

三

马一般的赶，
牛一般的宰，
磨尽骨头受尽难，
光着身子还欠千年债！

四

把你哄！
把你卖！
把你血来抽！
把你人家拆！

五

年轻汉子没一个影，
女人老头把碉楼盖，
秋天的战场冬天还臭，
春天的尸首又往沟里埋！

六

吃不穿的苦，

流不完的泪，

谁把我们一辈子欺①？

谁把我们一辈子害？

七

不明白！

不明白！

难道真的不明白？

难道真的不明白？

（注）四月十四日文汇报《苏北纪行》载，某师长表示："京沪线上都不宜驻兵，因为繁华地方往往会影响士兵的情绪，现在的兵都是糊涂的，老实说，他们明白了，那还愿意打仗？"②

---

①《文萃丛刊》本"欺"作"害"。
②《文萃丛刊》本、三联本、人文本无此注解。

踏进毛房去拉屎 ①

踏进毛房去拉屎，

忽然忘记带草纸 ②。

袋里摸出百元钞，

擦擦屁股蛮合式。

三月 ③

<hr />

① 此诗与《你叫我》合题作《诗二首》，刊于《时与文》创刊号，1947 年 3 月，署名"马凡陀"。诗选本删去此诗。

② 人文本此处增加注释："南方把手纸称为草纸，因为是稻草制的。"。

③《时与文》本此处无署时；三联本署作"1947 年 3 月"；人文本署作"1947 年 3 月。"。

你叫我 ①
——拟情书

你叫我如此如此，

你叫我这般这般，

你叫我东就东，

你叫我西就西。②

如今③你害得我好苦，④

可还是不把钱给我，⑤

啊呦呦。⑥这种日子呀⑦

叫我怎么过！⑧

三月⑨

---

① 此诗与《踏进毛房去拉屎》合题作《诗二首》，刊于《时与文》创刊号，1947 年 3 月，署名"马凡陀"。三联本、诗选本删去此诗。

② 人文本以上四行为一节。

③ 人文本此处有","。

④ 人文本","作"！"。

⑤ 人文本此处增加注释："指反动派死心塌地出卖人民，跟着美帝国主义走。可是有时候主子还是不肯爽快地送钱给奴才，于是引起奴才的牢骚。"

⑥ 《时与文》本"。"作","；人文本"。"作"！"。

⑦ 《时与文》本、人文本此处有","。

⑧ 人文本"！"作"？"。

⑨ 《时与文》本此处无署时；人文本"三月"作"1947 年。"。

怎么办①

怎么办？怎么办？

这个年头怎么办？

人命贱，物价贵，

人死好像狗一般！②

油榨尽，血抽干，

三家五家③发大财，④

千家万家哭哀哀，

百姓死活不相干！⑤

不种米，不种麦，

---

①此诗初刊于《新诗歌》第四号，1947年5月15日，原题作《怎么办？》，署名"酒泉"。诗选本删去此诗。三联本、人文本诗题均作《怎么办？》。

②《新诗歌》本此行后另有一行"人死好像狗一般！"。此节下另有一节：

（合唱）怎么办？怎么办？

这个年头怎么办？

冤有头，债要还，

血海翻身站起来！

③《新诗歌》本、三联本、人文本"五家"作"四家"。

④人文本此处增加注释："'三家四家'暗指四大家族。"

⑤《新诗歌》本此行后另有一行："百姓死活不相干！"。

拉去壮丁不生产，

田变战场人变灰，

打死饿死千百^① 万！ ^②

奇不奇？ 怪不怪？

不讲道理讲强权，

学生店员抓起打，

爱用国货反有罪！ ^③

凶不凶？ 惨不惨？

见灾不救反造灾， ^④

黄河放水^⑤ 把人害， ^⑥

---

① 人文本"千百"作"千千"。

② 《新诗歌》本此节四行原作：

不种米，不种麦，

拉去壮丁打内战，

东村西村人逃完，

田变战场人变灰！

田变战场人变灰！

③ 《新诗歌》本以上二行原作三行：

美军杀人不偿命，

什么理由不撤退？

什么理由不撤退？

三联本、人文本此处增加注释："特务行凶是常事。"。

④ 《新诗歌》本此行原作"有灾不救又造灾，"。三联本此处增加注释："指当时蒋匪在花园口堵住黄河，水淹解放区农村。"。

⑤ 三联本"放水"作"大水"。

⑥ 人文本此处增加注释："指当时蒋匪在花园口堵住黄河，水淹解放区农村。"。

日月无光天地暗！ ①

怎么办？怎么办？
官逍遥，民遭难，
民要和平官要战，
官要民死民不甘！

怎么办？怎么办？
这个年头怎么办？
冤有头，债要还，
血海翻身站起来！ ②

---

① 《新诗歌》本此行后另有一行："日月无光天地暗！"。
② 《新诗歌》本以上二节八行原作：
假民主，真独裁（按：疑"载"之误），
青年学生受冤枉，
硬把帽子头上戴，
整个儿变成大牢监！
整个儿变成大牢监！

官享福，民遭难，
出卖"民主"做新贵，
民要和平官要战，
官要民死民不甘！
官要民死民不甘！
人文本诗末增加署时"1947年。"。

文艺节之歌 ①

什么样的歌儿人民爱？

什么样的文章顶高贵？

什么样的戏剧受欢迎？

什么样的艺术金不换？

唱出人民心事的歌儿人民爱，

为人民说话的文章顶高贵，

演给人民看的戏剧受欢迎，

为人民服务的艺术金不换。

从前人替皇帝做书记，② 战战兢兢，

从前人为老板写文章，③ 讨他欢心。

现在我们甘愿做老百姓的书记，

现在我们只晓得讨老百姓的欢心。

---

① 此诗初刊于《评论报》第十八期，1947 年 5 月 6 日，又载香港《大公报》，1949 年 5 月 4 日，均署名"马凡陀"。人文本、诗选本删去此诗。

② 《评论报》本此处无"，"。

③ 《评论报》本此处无"，"。

谁要替法西斯当喇叭，人人要骂，

谁要替刽子手去辩护，个个恨他。

我们要替受苦的人民大众说话，

我们要做受苦的人民大众的嘴巴。①

今日是我们的节日，

让我们尽情歌唱！

让我们检阅我们的队伍，

看它够不够雄壮！

看，我们的旗帜②上，

写着鲁迅的名字，③

看，我们的旗帜上，

放射着自由民主的光芒！④

五四文艺节⑤

---

①《评论报》本以上一节四行原作：
替法西斯当喇叭人人要骂，
替刽子去辩护个个恨他，
我们要替受苦人说话，
我们要做受苦人的嘴巴，
②《评论报》本"旗帜"作"旗子"。
③《评论报》本","作"！"。
④《评论报》本以上二行原作：
看，我们的旗子放射着，
自由民主的光芒！
⑤《评论报》本此处无署时；三联本署作"——五四文艺节"。

米价涨 ①

米家涨，

活不长！

民主民不主！

天亮天不亮！②

你死我活拼一场！

五月③

---

① 诗选本删去此诗。

② 人文本此处增加注释："抗战时，大后方一般人把胜利看作'天亮'，结果胜利后由于反动派倒行逆施，人民更苦。"。

③ 三联本此处署作"1947年5月"；人文本署作"1947年5月。"。

男女分校 ①

炮火连天管他娘！
男女分校急忙忙！
男生该把男书读 ② ，
女生要把女书上。

男先生教男学生，
女先生教女学生， ③
男校开在男街上，
女校开在女儿城。

男学校里没女性，
女学校里没男人。
男女界限分得清，

---

① 此诗与《米蛀虫》合题作《山歌》，载于《大家》第 1 卷第 3 期，1947 年 6 月 20 日，又载于上海《现代文摘》第一卷第四期，1947 年 6 月 28 日，又载于《书报精华》第 31 期，1947 年 7 月 15 日，均署名"马凡陀"。三联本、诗选本删去此诗。人文本此诗在《米蛀虫》之后，诗题增加注释："当时国民党反动派忽然要推行男女分校制度。末段所说朱爱波云云，是指当时学术缴不起学费，偷钱后被发党，自杀。"。
② 《书报精华》本"读"作"念"。
③ 《书报精华》本"，"作"。"。

包你天下会太平!

老师吃粥学生饿,

偷钱自杀朱爱波。

且把男女来分校,

管他青年失学多! ①

---

① 人文本诗末增加署时"1947年。"。

米蛀虫^①

听听收音机，
大骂米蛀虫，^②
拍了小苍蝇，
忘记母大虫。

军粮千万担，
都往炮口送。
战争是什么？
头等米蛀虫！^③

---

① 此诗与《男女分校》合题作《山歌》，刊于《大家》第 1 卷第 3 期，1947 年 6 月 20 日，又载于上海《现代文摘》第一卷第四期，1947 年，又载于《新崇报》，1947 年 7 月 9 日。诗选本删去此诗。三联本、人文本有小丁作的插页漫画。

② 人文本此处增加注释："反动派一面打内战，一面骂奸商抬高粮价物价，企图哄骗人民。"。

③ 人文本诗末增加署时"1947 年。"。

这个世界倒了颠 ①

这个世界倒了颠，

万元大钞不值钱，

呼吁和平要流血，

保障人权坐牢监。

这个世界倒了颠，

'自由份子'②抹下脸，

言论自由封报馆，

民主宪法变戒严。

这个世界倒了颠，

学生走在教师前，

---

① 诗选本删去此诗。
② 人文本"自由份子"的单引号变双引号。

先进 ① 国家 ② 开倒车，
落后 ③ 人民 ④ 最前线。

五月 ⑤

---

① 人文本"先进"增加双引号。
② 人文本此处增加注释："指资本主义国家。"。
③ 人文本"落后"增加双引号。
④ 人文本此处增加注释："指工农群众，过去一向被认为愚昧无知。"。
⑤ 三联本此处署作"1947 年 5 月"；人文本署作"1947 年 5 月。"。

纸头老虎——法币

说它是纸头，①
它却是老虎。
说它是老虎，
它却是纸头。

在穷人眼里是老虎，
在阔人眼里是纸头。
是纸头做的老虎，
是老虎似的纸头。②

---

① 人文本、诗选本此处增加注释："‘纸头’是江南口语，即‘纸’。"。
② 人文本诗末增加署时"1947年。"；诗选本增加署时"一九四七年"。

六月天气 ①

六月天气热难熬，
灶披间里把饭烧，
烟子腾了一屋子，
眼泪汗水像雨浇。

小毛痱子满身红，
哭得你娘心头痛，
不是你娘不管你，
你娘洗衣那得空？

六月天气热难挨，
你爹做厂加夜班，
腊月单衫还淌汗，
这个天气怎么办？

回到家中东方明，

---

① 三联本、人文本、诗选本删去此诗。

走进门来像熬神，

没言没语床上倒，

暗暗掉泪哪敢问！

日本货又来了①

日本货，

像老虎，

吃我们的血肉骨头也不吐！②

八年抗战，

人亡家破，

胜利两年，③

又要我们买日本货！

你说，

你说，

开放对日贸易，④

这事该做不该做！⑤

不！不！不！⑥

---

　① 此诗初刊于《诗创造》第一卷第四期，1947年10月，又经华拓谱曲，载于《大众呼声》第3期，1948年9月，均署名"马凡陀"。人文本、诗选本删去此诗。
　②《诗创造》本此行原作二行：
吃我们的血肉
骨头也不吐。
　③《诗创造》本此处无"，"。
　④《诗创造》本此处无"，"。
　⑤《诗创造》本"！"作"？"。
　⑥《诗创造》本自"日本货，"至此行为一节。

白打八年仗，

白吃八年苦，

赶跑了强盗，

　又请他家里来住！

姊妹死得惨，

爹娘死得苦，

心头恨，

忘不了！

心头恨，

忘不了！

不！不！不！

鲁迅先生墓前 ①

噙着眼泪，

人们走过你的墓前 ②

拖着沉重的脚步，

人们走过你的墓前；

默念着你的语言，

人们走过你的墓前；

你用坚毅的眼光看

人们走过你的墓前；

等冬天走过你的墓前，

春天将走过你的墓前，

大群的人，旗帜，洪大的声音，

将走向你的墓前！

十月十九日 ③

① 人文本、诗选本删去此诗。

② 三联本此处有"；"。

③ 三联本此处署作"1947 年 10 月 19 日"。

大钞在否认发行声中出世 ①

大钞，大钞，

怎么得了？

昨天否认，

拍胸撑腰。②

今朝出世，

"各方需要。"③

物价，④ 人心，

大家一跳。

数目越大，

纸头⑤ 越小。

可怜小民⑥，

袋中小票，

五百一千，⑦

---

① 此诗初刊于《诗创造》第一卷第七期，1948 年 1 月，原题作《迎大钞》，署名"马凡陀"。

② 《诗创造》本 "。" 作 "；"。

③ 《诗创造》本、三联本、人文本、诗选本 "。" 在引号外。

④ 《诗创造》本无此 "，"。

⑤ 《诗创造》本 "纸头" 作 "面积"。

⑥ 《诗创造》本 "小民" 作 "百姓"。

⑦ 《诗创造》本此行原作 "四百以下，"。

烟散云消。

从前万元，

也叫大钞，

现在十万，

还是大钞，

究竟要大到怎样一个数目？

究竟要涨到哪一天？

只有天知道。

法币，法币，

作法自毙，

我看你怎么得了？

我看你怎么得了？　①

十一月②

---

①《诗创造》本自"从前万元"至诗末原作：
豪门发财，
人民吃草！
从前万元，
也叫大钞，
现在十万，
还是大票，
究竟要大到哪里？
究竟要打（按：疑为"大"的舛误）到哪天？
只有天知道！
②三联本此处署作"1947年11月"；人文本署作"1947年11月。"；诗选本署作"一九四七年十一月"。

一九四八年 ①

---

① 此处依三联本，生活本、人文本、诗选本无此。

过年①

有些人这样过年，

有些人那样过年。

大洋房里过年，热水汀烧得像春天；

马路上过年，狗一样蜷缩在阶沿。

阔人家夜饭②吃了半个月，

吃得舌头发毛，肠子发炎。

穷人家呢，番薯当饭，

生病，失业，愁眉苦脸。

锣鼓声，爆竹声，猜拳声中过年；

枪声，炮声，刀光，鞭影中过年。

喝香槟酒过年，

喝来沙儿③过年。④

---

① 此诗初刊于重庆《新民报晚刊》，1948 年 2 月 9 日，署名"相因"。
② 三联本、人文本、诗选本"夜饭"作"年夜饭"。
③ 人文本、诗选本增加注释："'来沙儿'是一种消毒药水，常被自杀者当作毒药服用。"。
④ 三联本增加注释："'来沙儿'是一种消毒药水常被自杀者当作毒药服用。"。

席梦思^① 上过年，^②

钉板上过年。

王小二过年，一年不如一年；

大老板过年，有的是钱，有的是钱！

二月九日^③

---

① 人文本、诗选本增加注释："'席梦思'是一种钢丝弹簧眠床。"。

② 三联本增加注释："'席梦思'是一种钢丝弹簧眠床。"。

③ 三联本此处署作"1948 年 2 月 9 日"；人文本署作"1948 年 2 月 9 日。"；诗选本署作"一九四八年二月九日"。

荒山变成熟地 ①

物价涨得稀奇，

薪水小得诧异。

阔人大鱼大肉，

穷人吃糠吃泥。

路上冻死黄狗，

地上饿死蚂蚁。

百年风水要转，

瓦爿 ② 翻身，荒山变成熟地！ ③

三月 ④

---

① 此诗与《青布衫》《希特勒活转来》《美国帮忙东洋人（沪语）》合题作《青布衫》，载于《野草文丛》，1948 年第 10 期，署名"马凡陀"。

② 人文本、诗选本"瓦爿"作"瓦片"。

③《野草文丛》本此诗作：

米价涨得稀奇，　　　路上饿死蚂蚁，

薪水小得诧异，　　　百年风水要转，

弄里冻死黄狗，　　　瓦片翻身，荒山变成熟地！

④《野草文丛》本此处无署时；三联本此处署作"1948 年 3 月"；人文本署作"1948 年 3 月。"；诗选本署作"一九四八年三月"。

如今什么都值钱 ①

　　四川泸县街贩以秤重计值搜购一百元与一百元以下之小票，每斤作价二千元。同时，此间旧报纸亦以废纸价格出售，每斤六千元。（联合社 ②）

如今什么都值钱，

只有法币顶讨厌，

一捆一扎又一包，

去买几根棉纱线。

如今什么都涨价，

只有法币顶尴尬，

一斤小票两千块，

好像叫卖黄泥巴。（注）③

如今什么都稀奇，

---

① 此诗初刊于重庆《新民报晚刊》，1948 年 3 月 3 日，原题作《如今》，署名"青城"。
② 人文本、诗选本"联合社"作"联合社消息"。
③ 三联本、人文本、诗选本"（注）"删去，增加注释："四川街头有叫卖黄土者。"

只有法币不稀奇，

要是掉在马路上，

懒得弯腰去拾起。

（注）四川街头有叫卖黄土者 ①

三月三日 ②

---

① 三联本、人文本、诗选本此处注删去。

② 三联本此处署作"1948 年 3 月 3 日"；人文本署作"1948 年 3 月 3 日。"；诗选本署作"一九四八年三月三日"。

童话 ①

这个年头儿可真有点古怪，
美国有存款，巴西有橡园。
可是，要找几个有钱人出来，
却比大海里捞针还难。

我说你有钱，你说他有钱，
他说，我怎么有钱，某某才有钱，
某某说，我这点钱还不够姨太太抽烟。
说来说去，原来大家都穷得可怜。

就像童话里那些老鼠开会讨论，
谁也不愿到猫儿颈上去挂铃。
最后得出结论：中国只有小贫，和大贫，
小贫的在纽约买地皮，大贫的被卖当壮丁。

三月二十二日 ②

---

① 此诗初刊于重庆《新民报晚刊》，1948 年 3 月 22 日，署名 "相因"。人文本诗题增加注释："有
一时间国民党反动派好几个头子的爪牙，通过不同的报纸，互相攻击，要求对方拿出钱来抗战。"。
② 三联本此处署作 "1948 年 3 月 22 日"；人文本署作 "1948 年 3 月 22 日。"。

大探（冒）险家雷诺返国 ①

哈啰，来了！

哈啰，去了！

哈啰，又来了！

这回连"哈啰"也没有，溜了！

这便是原子笔大王，

环球飞行打破记录者，

金元王国的百万富翁，

冒险家，

广告家，

探险家，

慈善家……

——密尔特·雷诺的惊人故事。

这是冒险家的乐园，

---

① 此诗初刊于重庆《新民报晚刊》，1948 年 4 月 8 日，又载于《书报精华周刊》第 7 期，1948 年 4 月 16 日，均署名"相因"。诗选本删去此诗。《书报精华周刊》本全诗不分节。人文本诗题增加注释："雷诺是一个美国商人，他到中国来推销'原子笔'，利用国民党反动派的崇美心理，造谣说他在甘肃发现一座前所不知的世界最高山峰，大大愚弄了一下当时的官僚。"

这是冒险家的乐园里的探险，

这是探险家的冒险的遇险。

广告家瞒过了科学家的耳目，

做生意的耍了做官的把戏，

洋大人名附^① 其实地拆了一笔洋滥污！

"噱头！噱头！"

多少人笑？

"骗子，骗子！"^②

多少人恼？

"流氓，流氓！"

多少人的马屁变成了牢骚？

世界第一最高峰，

地理上的大发现，

科学上的大贡献，

商业上的大冒险，

也有人说"洋人不可尽信啊！"

也有人说，"这是中美合作的大污点！"^③

四月八日^④

---

① 《书报精华周刊》本"附"作"副"；三联本、人文本"附"作"符"。

② 《书报精华周刊》本此行原作"'荒唐，荒唐！'"。

③ 三联本、人文本增加注释："这些都是官方报纸上的论调。"。

④ 《书报精华周刊》无署时；三联本署作"1948 年 4 月 8 日"；人文本署作"1948 年 4 月 8 日。"。

谦让 ①

偶来几趟南京，

坐位渐近首席，

做了过河卒子，

何不拼命向前？

四月

---

① 三联本、人文本、诗选本删去此诗。

即景 ^①

××代，××代， ^②

化 ^③ 了圈圈买圈圈。

门儿进不去，

蚀本太吃亏。

一哭，二饿，三上吊，

抬榇决死战！ ^④

四月 ^⑤

---

① 三联本诗题改作《国大代》，人文本、诗选本改作《"国大代"》。

② 三联本、人文本、诗选本此行作"国大代，国大代，"。

③ 人文本、诗选本"化"作"花"。

④ 三联本此处增加注释："竞选国民大会代表者，化了大量法币买圈选的选票。哭，绝食，上吊，把棺材抬进会场都是当时所发生的实情。"；人文本、诗选本增加注释："'国大代'即蒋介石的国民大会代表的简称。竞选伪国民大会代表的人，花了大量法币买圈选的选票。贿选不成，就发生了哭，绝食，上吊，把棺材抬进会场等等丑剧。"

⑤ 三联本此处署作"1948年4月"；人文本署作"1948年4月。"；诗选本署作"一九四八年四月"。

美国帮忙东洋人 ①

美国帮忙东洋人，

要造兵舰② 要练兵，

复兴日本再打仗，

养壮老虎再吃人！③

拿我伲中国当牺牲品！④

拿我伲中国当牺牲品！⑤

中国百姓不答应！⑥

中国百姓不答应！

四月 ⑦

---

① 此诗原题作《美国帮忙东洋人（沪语）》，与《青布衫》《荒山变成熟地》《希特勒活转来》合题作《青布衫》，载于《野草文丛》，1948 年第 10 期，署名"马凡陀"。三联本、人文本、诗选本删去此诗。

②《野草文丛》本"兵舰"作"飞机"。

③《野草文丛》本"再吃人！"作"再伤人，"。

④《野草文丛》本"！"作"，"。

⑤《野草文丛》本"！"作"，"。

⑥《野草文丛》本"！"作"，"。

⑦《野草文丛》本此处无署时。

附录一

送鲁斯 ①

鲁斯，
这位谣言中的大使，
从美国匆匆地飞到
抗战结束后的中国，
飞着，飞着，
像蜻蜓一样停留片刻，
在这个城市，
在那个城市。

接受着
党政军要人的欢迎，
接受着
名媛、贵妇们的招待，
发表着
躲躲闪闪的言论，
调查着

---

① 此诗录自人文本，生活本、三联本、诗选本均无。人文本诗题有注释："鲁斯是美国《生活》等杂志发行人，反动政客资本家。"

华西坝的学生多少左倾，

夸耀着：

"我能够在三个月内叫全美青年反苏！"

鲁斯，

这位神通广大的反动先锋，

在"关心"殖民地，次殖民地的状况时，

他是决不孤立的。

难道不是一鼻孔出气吗？

请听这种话：

"中国拥有全世界一半的人口，

任何事件都要影响美国。"①

因此，

你们就紧张起来了。

战争已经结束，

可是你们的大量的军火，

并没有运走，

把火箭炮、飞机、炸弹，

陈列在中国人民的面前！

而且在做着

不能向你们自己的人们

---

① 人文本此处有注释："这是当时某政客的话。"。

说得出口的事情。

鲁斯，

你这只点水的蜻蜓，

你到处嗅了一下，

大概已经得到了很多，

得到了大把大把的官员们的

决心和保证，

满载而归，

不虚此行，

你的颜色已经给我们看见了。

鲁斯，

你没有当大使，

但在另一方面说来，

譬如：华尔街的大老板，

军火工业的大王，

反动的政客，

殖民政策的执行者，

孤立派帝国主义者，

你也不啻为他们

做了一件了不起的工作。

1945 年 12 月。

给我一斤面 ①

给我一斤面，

就得认你爹！

给我一件破大褂，

从今以后要听你话！

送我到尖刀山上，

还要我喊"皇恩浩荡！"②

是我真的③变成了"牲畜"④"蛆虫"，⑤

还是你想吞下世界发了疯？⑥

1948年6月。⑦

---

① 此诗初刊于《新文丛》第3期，1948年7月20日，署名"马凡陀"。诗作录自人文本，生活本、三联本、诗选本均无。人文本诗题有注释："这是讽刺美帝国主义者用面粉、衣服等作为救济品，送到中国来企图欺骗大后方人民。"

② 《新文丛》本"'皇恩浩荡！'"作"皇恩浩荡！"。

③ 《新文丛》本无"真的"。

④ 《新文丛》本此处有"，"。

⑤ 《新文丛》本"，"作"？"。

⑥ 《新文丛》本此行原作"还是你想吞灭世界发了狂？"。

⑦ 《新文丛》本此处原无署时。

反抗 ①

军用车喝醉了酒，

横冲直撞，

在一个中国女人的身上碾过，

谁杀人？

谁杀人？

是帝国主义者？

是两面政策的执行人！

记下这血账，

记住这仇恨，

奋起反抗！

巨型炮疯狂爆鸣，

瞄准农民，

蹂躏着中国苦难的土地，

谁杀人？

谁杀人？

---

① 此诗录自人文本，生活本、三联本、诗选本均无此诗。

是帝国主义者！

是两面政策的执行人！

记下这血账，

记住这仇恨，

奋起反抗！

轰炸机轮番投弹，

低飞扫射，

中国人民的鲜血溅上了机身啊！

谁杀人？

谁杀人？

是帝国主义者！

是两面政策的执行人！

记下这血账，

记住这仇恨，

奋起反抗！

反法西斯的军火移作了

扑杀民主的凶器，

无耻地侵略着中国的主权，土地。

谁杀人？

谁杀人？

是帝国主义者！

是两面政策的执行人!

记下这血账,

记住这仇恨,

奋起反抗!

1948 年。

附录二 [①]

---

① 此附录收入生活本续集、三联本附录的两首马凡陀作词、于西谱曲的歌曲：《关金票》《老母刺瞎亲子目》。

关金票

C 4/4 關 金 票 于西曲

| 2 | 2̂3̂ | 1̇ | 6 | 2 | 2̂3̂ | 1̇ | 6 | 2·3 | 2 | 3 | 3̲5̲ | 1̲6̲ | 5 — |

(一) 關金票 烏鴉叫了十元法幣沒沒要逃
(三) 關金票票 不得上物價高湲人脚跳
(二) 關金金票 三哈哈笑百姓急得沒处突
(四) 關金 哭歸哭 雙笑舖

| 5̲5̲ | 5̲6̲ | 1̇ | 1̂2̂ | 5̇ | 5̲6̲ | 1̇ — | 2 | 2̂3̂ | 2 | 3 | 5̲6̲ | 5̲6̲ | 1̇ — |

二百五關金多作越五千過五百關金萬元票少人瞧
鈔票業越欠債越又難病馬鈔票越首饅越沒中覺
失十八地獄刀生刀十八路上高打瞧也

老母刺瞎亲子目

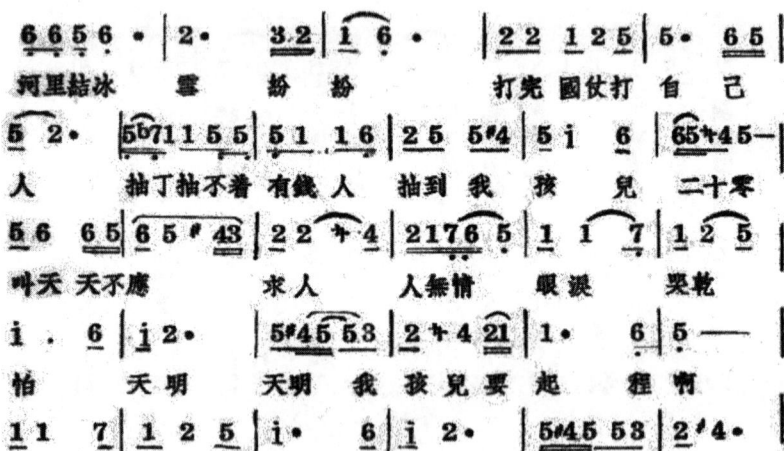

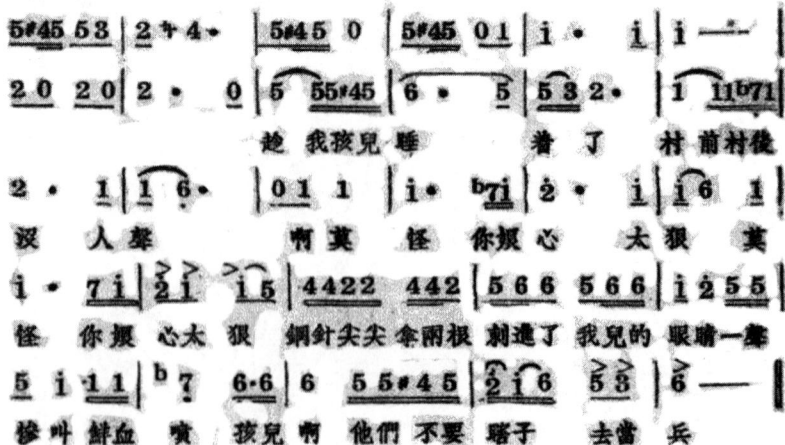

附录三 ①

---

① 此附录收入诸版本的序跋及刊印说明等。

前记（三联本）①

　　这些是我从一九四四年起到一九四八年止所写的通俗诗歌（多数是政治讽刺诗）的一部分，曾经发表在当时蒋匪帮统治下的报纸副刊和杂志上，如《新民报》《大公晚报》《世界晨报》《文汇报》《联合晚报》《文萃》半月刊等。其中除有一二首经删去几行外，都维持原来的样子，但大部分的注解是现在加添的。

作者

1950 年 6 月

---

　　① 录自三联本《马凡陀的山歌》1950 年 9 月第一版《前记》。

后记（人文本）①

　　这些是解放前我以马凡陀的笔名所写的政治讽刺诗的一部分，除了《送鲁斯》和《反抗》两首是现在从旧原稿里找出来的以外，其余都曾经发表在当时反动统治下的报纸和刊物上。在一九四六年和一九四八年，曾分别编为《马凡陀的山歌》及其续集出版。在一九五〇年，曾选出一部分合成一集出版。现在的这个集子就是根据那一本增删了一些篇目编成。其中除了一二首略有删节外，依旧保留原来的样子，但大部分的注解是现在加的。

袁水拍 1955 年 3 月 19 日。

---

① 录自人文本《马凡陀的山歌》1955 年 9 月第一版《后记》。

序（诗选本）①

徐迟

人已经去世了，愿他的灵魂平安。"十年动乱"后期他曾当过文化部的副部长，未曾光彩。这是袁水拍的悲剧。但也有喜剧，他的诗歌活下来了，还会长久地活下去，并且写入文学史的。

受一些老同志的委托，替人民文学出版社编选袁水拍的诗歌集。这是一件吃力不讨好的工作，我勉力承担了。他工作过的单位和他的公子送来了一大包他的著译，其中有诗集十本，山歌集两本，还有译诗集六本，诗论集两本，共二十本之多。可也没有收集到他的全部著作，还遗漏了两本，我找来旧藏两本给以补上。另有剪报和手稿一叠，还有他已编好而并未出版的一本诗集，名叫《云水集》：合起来的数量也就很惊人了。

关于这个编辑工作，原先想把他的自由诗、山歌和译诗合起来编选一大本的。但数量过多，只得把译诗分出去，也许将来可以另编一本译诗集。他解放前出的诗集《人民》《向日葵》、

---

① 录自《袁水拍诗歌选》人民文学出版社 1985 年 7 月第一版。

《冬天，冬天》《沸腾的岁月》和丁聪插图的《马凡陀山歌》《解放山歌》等共出了七本。其中还另有的一本《诗四十首》，则是他解放前那些诗歌的自选集，正好成了这个选本的一个蓝本。他那本自选集选得太苛了些，许多好诗并未选入，因此我将它扩大了。共选进了一百三十首，说起来也还是相当苛刻的。建国以后，他出的诗歌集有六本之多。它们是《春莺颂》《华沙·北京·维也纳》《歌颂和诅咒》和《马凡陀的山歌》的自选本（它也是我选山歌时的一本蓝本），还有《政治讽刺诗》《煤烟和鸟》，加上未出版的《云水集》，也共七本。从质量来讲，后期诗歌不如以前，我就选得更严一些。《政治讽刺诗》《煤烟和鸟》就没有选上一首。而《春莺颂》也成了我选他的开国后的诗歌的一个蓝本了。这七本我共选了五十首。然后征求意见，又加添二十二首，并分为五辑。这样，解放前和开国后，一共选了诗歌二百零二首。

　　袁水拍的一生是在五个城市中度过的：苏州、香港、重庆、上海和北京。

　　苏州。他本是苏州人，名叫袁光楣，一九一六年生。度过了童年少年期后，他进了设在名园沧浪亭内的苏州艺术专科学校，学美术。星期天他总要到观前街的新书店和护龙街的旧书店走走，还要到北局那边的吴苑茶馆店去，喝喝茶，温温功课，并听听评弹。这个文化古城有园林百余座。即使是方寸之地，半亩之园，都有崖岸溪壑，种植了名贵花木，养上了珍禽异兽；

藏书之富，甲于江南，高度的文化生活早就熏陶了他。事后追思，评弹艺术对他后来的山歌创作是具有相当的重要性的。

香港。后来他考进了中国银行，当上一名练习生。抗战开始，他被调到香港分行的信托部里，作一名低级职员。中国银行香港分行信托部是在汇丰银行大楼的五层楼上办公的。已经不绘画了，天天要上班，只是有时他心里还会有两三张画的题材，其中一张只能是木刻之类的思想。忽写起小文章来了，在《力报》的由茅盾主编的副刊《言林》上以及其他报纸的报屁股上发表了许多，那时署名望诸。他知识面很广，文字清新俊逸，颇为幽默有趣，读者看了欢喜。我就是在那时候开始认识他的。他身高一米八二，长方形的脸型，中间略凹，架着一副金丝边眼镜，说起话来，犹带吴音。年轻时的袁水拍神态潇洒，热情洋溢。未说话自己先笑，说出口来，听者也大乐。他是很有风趣，且不庸俗，有雅谑与机智之妙才的，但在美学上，他显示出崇高的素质。初时尚未成婚，不久回苏州成亲，却又单身返港，害得后来他的夫人朱云珍万里寻夫而来。

一九三九年春，戴望舒和当时在湖南的艾青合编诗刊《顶点》。望舒要我向这个苏州人约稿。大约他早先就写过诗的，欣然应命，三天后就交稿了。当时那首诗题为《我是一个田夸老》，现在改名为《不能归他们》，若不是他的第一首诗，至少也是他第一首公开发表的诗，署名袁水拍。诗很好，发表后受到好评，从此便一发不可收拾。他找到了适合于他的那新诗的形式，不断地发表新作，很快成为有了影响的诗人。我曾问他为何起了这个笔名。他答道：有一句描绘江南水乡的诗，"□□□□水拍天"（前四个字我记不准确了），他的笔名就由此而来。后来毛泽东《长征》诗中也把"浪拍"改为"水拍"了，可见这名字还是饶有诗味的。

在殖民统治之下的香港，抗日战争的不利以及社会现实生活的黑暗使他很快有了明确的倾向性。他曾居住过那种"后街"的人民的沉沦，迫使他唱出了慷慨的悲歌。他参加了进步的文化活动，参加了学习《新哲学大纲》、《法兰西内战》和《资本论》的学习小组。虽然每周六天在银行里工作，每天的傍晚都要去咖啡座和文艺界、新闻界人士聚集交谈，喝杯柠檬茶再回家。那些年香港成了从上海、广州和南洋来的文化人的集中点。他们开始在银行联谊会里开展进步活动，并举办青年读书班。一九四〇年一月十一日上午我和他谈了一些话后，他回家去，一顿饭的工夫就拿来了一首诗送我，就是《悲歌——给徐迟》。那年他出版了第一部诗集《人民》，由郁风作封面。十月，中国银行调他到重庆的总行去工作，次年五月又调回香港。国民党统治下的雾重庆和大后方的痛苦的现实生活更加加深了他的认识。苏德战争爆发后，他写了当时的名篇《寄给顿河上的向日葵》。只这么两年时间，一个革命诗人迅速地成长并进入了成熟期，太平洋战争爆发，香港沦陷后，他通过东江纵队的帮助，过了一个短期的游击区的生活，唱着他根据一首流行歌曲填词的《阳台山之春》，安全到达桂林，转道回重庆。

重庆。仍在中国银行的总管理处信托部供职，职位又稍有点上升。头两年他还写抒情诗，也翻译了一些外国诗：霍斯曼，彭斯和拜伦等等。重庆当时号称陪都，敌机时常要来轰炸。升上一个警报灯笼就要往防空洞跑，挂上两个灯笼得赶紧进防空洞。通货逐渐膨胀，物价越涨越高。特务多如牛毛，人民怨声载道。忽然讽刺诗大为流行，从一九四四年起，他用马凡陀的笔名，写出了许多讽刺的山歌。初时山歌调子还不太流畅，次年就比较犀利，渐多佳作。到一九四六年，他越写越妙，简直达到了最好的民歌手的出神入化之境。这些山歌无情地解剖、暴露和猛击国民党和美帝国主义的凶恶暴行和无耻谰言。一九四六年春他又由银行调回上海。

上海。他在外滩的中国银行大厦里办公了，同时担任了《新民晚报》副刊"夜光杯"编辑。那时天天去上班，那种生活是气得死人的。但白天办公憋足了气，到晚上他就有气可出，有山歌可唱了。偶尔他又写点抒情诗。大多数唱的是火辣辣的马凡陀山歌。当时山歌的声誉已有好评，山歌的形式他运用自如。上海滩上的素材可多了，随手取来，俯拾皆是，加上对时局的分析，好象每天的气象预报一样，山歌起到了政治气候的预测作用。这样，他在银行里渐渐受人注意，不大安全了，乃于一九四八年转移到香港，进《华商报》工作。其时国内局势已经大定，人民解放战争的胜负已十分分明。一九四九年上海解放，他回到上海。他写的名作《在一个黎明》，描绘了上海的解放景象的这首诗，结束了他的前半生创作生涯。七月他参加了第一次全国文艺界代表大会。九月来京定居。

北京。在中华人民共和国开国大典的日子里，他乘坐着人民空军的飞机，飞过天安门广场前的检阅台，接受人民领袖的检阅，并写了诗。他的工作，在中央党报《人民日报》，任文艺部主任。于是社会活动多起来了。那时他神采飞扬，参加保卫世界和平大会，到过莫斯科，华沙，维也纳，并出访印度等地。所写国际题材的诗歌和政治讽刺诗非常动人，非常强烈。但在反右时期，他写的反右的诗，"大跃进"时期所写的大跃进山歌却并不突出，看来它们只在当时有配合的作用，过后却只好报废了。不觉他的诗才渐渐地消蚀了，枯竭了，人也越发变得沉默，拘谨，口才也不灵活了。偶然他依然能爆发出机智的光采，然而我们熟悉他前半生生涯的人都感到他已有了较大的变化，与朋辈往来减少，见面时也不能很好地交流了。到六十年代他离开了人民日报社，当上了中共中央宣传部文艺处长。他更加严肃、谨慎起来。他不能如鱼得水，反而远离了沸腾的生活，并疏离了故人。这不是不可以理解的，因为他已不再是一个唱谐谑调的山歌歌手，更谈不上作一个热情奔放的抒情诗人。他只能写一点不免淡而无味的政治讽刺诗，说教式的论说文，曾编过一部《文艺札记》。等到他当上副部长之后，写诗只是为了执行任务。他失却了灵气。诗味少了，诗风不灵光了。往下就没法说了。一九八二年，当庆祝《诗刊》的创刊二十五年纪念会上再次出现时，我看到他已是一个疾病缠身、异常衰颓的老人。此后也发表了一些作品，却不如早期的诗歌那样生气勃勃。一九七九年八月，夫人朱云珍先逝。八二年十月二十九日，他病逝于北京。

　　袁水拍的诗歌，大体上可以区分为抒情诗、山歌和政治讽刺诗，这样的三大类型。他没有写过叙事长诗。

　　从我个人的爱好来说，他写得最好的还是抒情诗。那应当是他最擅长的诗歌形式，自有他特具的优势和卓越的禀赋的。《向日葵》这个集子里，有首《铃鼓》，《沸腾的岁月》里有首《哀悼》，这两首抒情诗曾由育才学校的一位表演艺术家朗诵过。那一次是我一生所听到的最美的诗和最感人的朗诵了。然而，《岁月》里的第一首《火车》，更是回肠荡气，最令人感动的抒情名篇。我们能感受那种在火车上摇晃前进以及冷静的月台上的那种期待的情怀。诗人给我们揭示了大家都熟悉而又往往忽略了的有关火车的多种细节。一个坐在火车里，有约会要奔赴，是被等候着的人，一个在小火车站月台上，围在围巾里，脸冻得通红的，已经约好的等候着的人，决不是只很少的人有过这种等人和被等的经验的。可不是很多，很多的人哪，甚至每一个读者都有过共感，似乎都能理会这种同样的经验的？能说出这种共感的抒情诗诚然是最好的抒情诗了。诗不正是要做到这共感的情绪的吗？如果袁水拍能将他的才能集中于写这种抒情诗，他将得到何等的丰盛收获。我相信他完全可以写得和彭斯一样好，和拜伦一样好，甚至是可以，完全可以写得和所有那些大诗人的抒情诗一样好的。但他没有集中全力于写作抒情诗。社会现实和理论的号召使他把主要精力平分到山歌和政治讽刺诗里去了。我早年曾写过一篇短文叫《抒情的放逐》，预言了放逐抒情诗人的灾难。这年头可不是抒情的年头，这世纪似乎也再不是抒情的世纪了。袁水拍本能写出很多很好的抒情诗，然而终究不能写出更多更好的抒情诗，是无可奈何的。

后来他是这样热情地投身于《山歌》的创作了。一九四四到四九年，这么六个年头里，他是冷讽热嘲，嘻笑怒骂，他身不由己地勇猛地以山歌作武器而战斗了过来。他取得了在战场上不可能取得的另一种形式的精神世界里的革命战争的辉煌胜利。他极精彩地展出了用革命辩证法则来展出的旧中国、旧社会里的人间悲喜剧。《发票贴在印花上》《四不象》《海外奇谈》、《关金票》、《人咬狗》等等，都是绝妙好歌，我前面说过的所谓出神入化之作。但也要指出，幽默不等于油滑，而讽刺文字一出现油腔滑调，便是败笔。《马凡陀山歌》也还有一些"随口溜"的东西，有些地方也还是败坏了马凡陀的好名声的。那例子我就不举了，那样的山歌我也就不选了。在他写山歌之初，我是不赞成他这样写的。但后来却佩服他了。作为一个笑的艺术家，他是卓越的。山歌成为他的成功之作了，他的声誉主要来之于山歌。有一次我和他一同去看望陈毅元帅。元帅送了他一柄折扇，上面元帅写下了赞美《马凡陀山歌》的墨迹。不知现在这柄珍贵的折扇还在否？

还有他的政治讽刺诗，有的用了山歌体，有的用了自由诗，篇页也不在少数。早在《人民》这第一个诗集中，就有《一个"政治家"的祈祷》这样的讽刺诗了。《冬天，冬天》中又有了《未爆发的夜》和《凡尔赛的枪弹》等国际题材的作品。他是受了当时一位著名的国际述评家而后来是我国著名的外交特使的影响和教导的。在《沸腾的岁月》中，对第二次世界大战中的开辟欧洲第二战场，他写有好几首诗，还有写解放法兰西，解放柏林和会师柏林的诗，以及庆祝苏联红军节和一九四五年十月革命节等等的诗。在这些诗中，诗人走向国际题材，以诗作为国际阶级斗争和政治斗争的武器。他在和平运动中，出国访问时，也写了很多好诗，他是一个能在国际外交讲台以及反战和平运动中，纵横冲杀和舌战群魔那样的一个不可多得的诗人。可惜的是他后来的《煤烟和鸟》、《政治讽刺诗》没有写好。观乎这样一位诗人的一生作品，我们将发现，一旦失去了诗人的鲜明个性之后，写起那种十分正确，十分保险，人云亦云，重复了又重复的公式化概念化的诗歌，实在是苍白无力。应知文学艺术须臾也不能离开"自我"，只是"自我"应与"世界"即主观应与客观实际，自我应与社会现实紧紧地结合在一起。

这本选集已摆在读者面前。说得再多再好，我说的也是赘言。西谚云："天下王子成千上万，贝多芬只有一个。"是的，诗人也是不多的，乌纱帽不少。诗人要桂冠，勿要乌纱帽。

1984 年 4 月 6 日，于武昌东湖之滨

后记（诗选本）①

袁鹰

灯下重读袁水拍同志这二百首诗，总觉得对逝者意有未尽，却又感慨万端，竟不知该从何说起。

袁水拍的诗和山歌，将会在中国社会主义文学史和诗歌史上占一席应有的位置，该是无可置疑的吧。他在诗歌创作上的成就，也将会有评论家去作专门的研究。事实上，远在全国解放前，已有人对袁水拍的诗和马凡陀的山歌作过评论，以后，想必也会出现更有分量的文章，评述和分析他的创作道路。一九四〇年，他出版第一本诗集《人民》，直到一九六四年，他编好一本《云水集》，可惜未及问世，就遭逢动乱。这本选集的二百首诗，就是从他的几本诗集以及未编集的诗作中选出来的。"诗言志"，"言为心声"，读者从这二百首诗中，可以窥见半个世纪来中国大地上的风云，也可以约略地看到诗人自己的脚印。

如果以伟大的一九四九年为界，他的前半生充满了一个爱国青年、革命诗人的追求、向往和奋击，体现了二十世纪中国

---

① 录自《袁水拍诗歌选》人民文学出版社 1985 年 7 月第一版。

进步知识分子成长的崎岖历程。后半生，则同人民共和国一起，经历了阳光和风雨，也经历了坦道和泥泞。他既有中国知识分子共同的优良品质，纯朴、正直，执着地追求光明，忠诚地跟共产党走，一心一意地从事党和人民分配给他的工作，即使做了错事也仍然矢志不渝；但也难以避免知识分子的某些弱点，并且不能逃脱由于历史和社会种种原因形成的对知识分子的厄运。以致到了晚年，蹉跎倾跌，一度陷身污淖。而当冬尽春来，国家和个人都步入光明坦途时，他已被病魔缠绕，力不从心。那几年，他的思想情绪中，希冀和欢愉、沮丧和愧悔兼而有之。仿佛一株曾是绿叶葱茏的大树，被雷霆和害虫侵蚀了枝干，几乎濒于凋残。虽然重睹春光，满心想尽力重绽新蕾，但已身心交瘁，不复有当年的豪气和锐气了。

我和水拍同志相识并开始熟悉，正是他豪气和锐气如日方中的中年。抗日战争胜利后，他从重庆回到上海，带回他那风靡大后方的山歌同沦陷区的读者见面。那些同他原先的"自由体"在内容和形式上都迥不相同的"山歌"，不仅使年轻的诗歌爱好者一新耳目，更博得广大读者的欢迎。它们如同犀利的短剑，一针见血而又痛快淋漓地揭穿了反动派凶残、险诈、贪婪、颠顸的真面目，帮助千百万善良的人认清了盼望多年的国民党政府原来是这样一票货色。朗诵马凡陀的山歌，一时间成为国统区不少进步群众、青年学生文艺晚会上颇受欢迎的节目。记得在一次营火晚会上，我就曾经和另一位同学表演过《朱警察查户口》，用《朱大嫂送鸡蛋》的曲调。从观众的热烈情绪中，我才恍然体会到马雅可夫斯基所写"诗歌——那是旗帜和炸弹"那句诗的真谛。

待到更多地接触诗人的言谈行止，就发觉"文如其人"那句古话对水拍并不太适用。初次见到他的人，只会看到一位文雅拘谨的谦谦君子，不善高谈阔论，不会开怀畅饮，更没有"海派"的噱头。相处久了，就会感受他那颗真诚的、火热的心，也能以苏州人特有的细声慢语表露他的机智和诙谐。也许这就是他刚到"而立"之年就已被朋辈尊称和昵称为"水老"的缘由。那时他在银行有了职业，银行虽是金饭碗，规矩却极严，不能迟到早退。他写诗、编副刊、同文友来往，都在下班以后。做这些事，也都严肃认真，一丝不苟。上海的夏季热得人喘不过气，新新公司茶室就在下午开辟自带舞伴的"茶舞"，以资招徕。有些朋友如冯亦代、丁聪、董鼎山董乐山兄弟等，贪图那里有冷气，常去喝茶聊天，交流点消息，坐上个把钟点。水拍的银行离南京路很近，有时亦来小坐片刻，同夫人跳两圈"慢四步"，就告退回家。不熟识的人，怎么会相信这样一个文质彬彬有英国绅士风度的诗人，写起马凡陀山歌来，竟能象冲锋陷阵、制敌于死命的勇猛战士呢？

全国解放后，他在人民日报社主持文艺宣传十年，后来又到中央宣传部，曾经主持制订贯彻党中央文艺政策的《文艺十条》（"文革"中也就成为一大罪状）。疯狂的大风暴一起，中央宣传部被肆意诬陷为"阎王殿"，部长们既成了"阎王"，处长们当然就是"判官"，概属于打倒和揪斗之列。这样闹了一阵，就信息杳然，听说发配到贺兰山下牧驴去了。某次牵驴归来，驴不肯走，他就高声吆喝："快走！快走！"我听到这则被当作笑话的"干校轶事"时，只感到一股凄楚情味，依稀看到一个身穿破衣、手持短棍、架一副深度近视眼镜的蹒跚身影。

"十年动乱"的最后两年，他从贺兰山回到北京。朋友中有人说他"交了好运"，更多的人认为其实是步入险途。而他自己，经过多年赛仄，一旦重新获得工作机会（主持毛泽东诗词英译本的校正和《红楼梦》新版本的校订），就全力投入工作，继续勤恳如故，却不懂得城郭依旧，人事全非。这种单纯和天真，自然注定了悲剧的命运。当时有位从香港回来的朋友向我问起水拍时，戏用两句旧小说中的话："卿本佳人，奈何从贼！"朋友们确实为他惋惜，为他担忧，也体谅他的境遇。尤其当周恩来同志病笃、邓小平同志受命主持中央工作时，党中央决定恢复《人民文学》、《诗刊》等五种文艺刊物，水拍被任命为《人民文学》主编。一方面是小平同志有明确的批示，大意是《人民文学》应该恢复，但靠现在的文化部领导，办好不容易。另一方面是江青、张春桥和他们卵翼下的文化部，竭力进行干扰和破坏。在这针锋相对的尖锐矛盾中，主编是很不好当的。但是《人民文学》恢复的第一期上，仍然推出了蒋子龙的《机电局长的一天》。这篇小说，尽管限于当时历史条件有许多不足和不妥，但却以要把经济搞上去和要整顿企业这样具有强烈的战斗性和鲜明的倾向性的主题，振聋发聩，于万马齐喑中表达了党中央正确的声音和人民的意愿。发表这样的作品，主编是担了风险的。当然，不必讳言，后来几期的刊物上，也刊登了些不好的作品，成为《人民文学》创刊三十五年来黯然无光、蒙受玷污的一页。作为主编，也是不能辞其咎的。处于特定的位子上，他不得不做些自己未必清楚、未必愿意的事，这是那个大混乱、大颠倒年月的必然，叫做"在劫难逃"吧。人无完人，圣贤难免，何况水拍是个普通人，而且是个既具有许多优点又兼有弱点的知识分子。他的悲剧，也是某一类知识分子的共同悲剧。

所幸他终于遇到了清明盛世，使他得以在最后一段人生途程能同党同人民一起呼吸，一起向前。他的欣喜心情和奋斗心愿，都反映在他去世前一两年的诗作里。这些诗在艺术上可能不及中年时期那些享有盛誉的力作，更说不上是他一生诗歌创作的峰巅，但也许算得上一首雄壮的交响曲中一个和谐的休止符。他的诗歌，从三十年代到八十年代，大体上总是同时代的脉搏一起跳动的。

作为一个相交近四十年、一起工作十年的人，关于水拍，可以写、应该写的，自然还有很多。但我想，最能帮助读者了解诗人的，是他自己的作品。他给第一个诗集定名《人民》，表明自己是人民的儿子，他要为母亲歌唱。他确实为母亲歌唱了一生。人民接受了他的诗歌，承认了他的诗歌。旧时代文人常慨叹于"生不愿封万户侯，但愿一识韩荆州"。在新时代，"韩荆州"就是我们伟大的党和伟大的人民。能得到党的了解和支持，得到人民的爱护和信赖，也就是文艺工作者最大的安慰和最高的奖赏，除此以外，夫复何求？

　　诗人远去，他那颗赤子之心将与诗作长存世间，在新的历史时期继续发光发热。从这点说，水拍也可以无憾了吧？

　　　　　　　　　　　　　　　一九八四年九月